中公文庫

まんぷく旅籠 朝日屋

しみしみがんもとお犬道中

高田在子

中央公論新社

目次

「まんぷく旅籠 朝日屋」地図

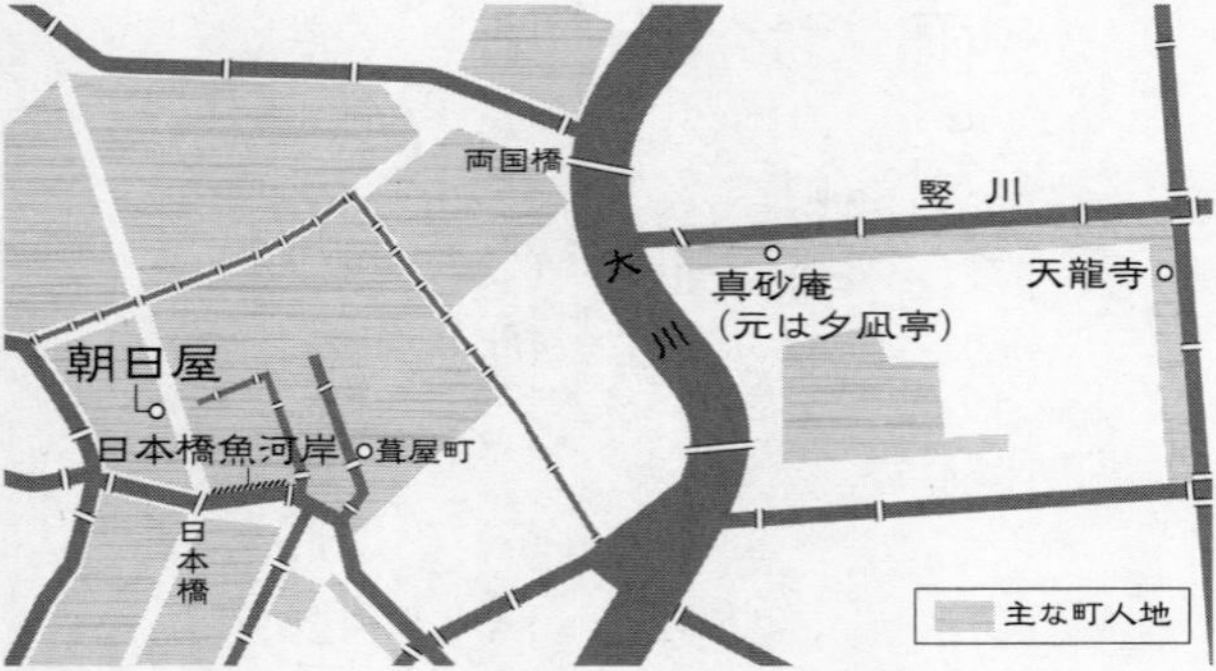

地図製作：(株)ウエイド

まんぷく旅籠 朝日屋

しみしみがんもとお犬道中

第一話　早咲きの梅

「あっ、いた、いた！　あれが、ちはるだな⁉」

戸口から突然響いた大声に、ちはるは眉根を寄せた。

まな板の上に包丁を置いて顔を上げると、振り分け荷物を肩にかけた旅姿の中年男が調理場から見えた。まっすぐに、ちはるを指差している。

いったい何事だと思っている間に、下足番の綾人《あやと》が男に歩み寄った。

「あの、お客さま、うちのちはるに何か――」

男は綾人に向き直ると、嬉しそうに笑った。

「いやぁ、本当にそっくりだ。あんたが元女形《おやま》の綾人だね」

「はい、さようでございますが――」

綾人は首をかしげながら、ちらりと通りへ顔を向けた。

曙《あけぼの》色の暖簾《のれん》の向こうに、何度か食事処へ来たことのある近所の者が見えた。

「旅のお人に、ちはるという名の女料理人がいる日本橋の宿はどこかと聞かれたんだ。だから朝日屋《あさひや》へ連れてきたんだよ」

と言い置いて、近所の者は帰っていく。その後ろ姿に、旅の男が「ありがとよ！」と声をかけた。

男は懐から折り畳んだ紙を取り出すと、広げて綾人に見せた。綾人が大きく目を見開く。

「これは間違いなく、ちはるですね――」

ちはるは慎介《しんすけ》と顔を見合わせた。

目で伺いを立てると、慎介がうなずく。ちはるは調理場を出て戸口へ向かった。慎介もあとに続いてくる。

男に差し出された紙を見て、ちはるは目を丸くした。

紙の上に描かれているのは、確かに自分の顔だった。輪郭や、目、鼻、口――どれを取っても、鏡に映った時の顔と同じだ。

「昨日、戸塚宿で、緑陰白花《りょくいんはくか》という絵師に会ってね」

ちはるは思わず「えっ」と声を上げた。

緑陰白花といえば、つい一昨日、朝日屋を去っていった旅の絵師である。朝日屋にとっては、二人目の泊まり客だった。

作風を広げるため目新しい物を描こうと思い、駱駝《らくだ》見物をしに江戸へ来た。ところが肝心の駱駝がおらずに嘆き、思いあまって駱駝の真似までした男だ。

「同じ宿に泊まった縁で、一緒に酒を飲んだんだ。一風変わった男だったが、酒を飲むと、ますます面白くなってねえ。いやぁ、こっちも釣られて調子に乗って、つい飲み過ぎちまったよ」

ちはるは、ぐっと息を呑む。ちはるも白花とともに酒を飲んで酔っ払い、調子に乗ってしまったのである。

ちはるの酒乱を思い出したように、慎介の口元がひくりと動いた。綾人が取り成すように微笑む。

「お客さまがお持ちの絵は、昨日、戸塚宿で白花さんが描いた物なのですね？」

男はうなずいた。

「美しき下足番、綾人の絵も見たよ」

綾人が艶《あで》やかに笑みを深めた。男は見惚れて、でれんと目尻を下げる。

「江戸へ行ったら、絶対に、ここへ泊まれと言うんだよ。こんな顔をした女料理人がいて、美味い飯を食わせるからってな。だけど、女料理人の名が『ちはる』だってのは覚えていたんだけど、肝心の宿の名を忘れちまってさぁ」

「へーえ」

階段の上から、感心しきっているような声が響いた。朝日屋の主、怜治《れいじ》である。

怜治は腕組みをしながら、ゆっくりと階段を下りてきた。二階の客間を整えていた仲居のたまおが、あとに続いてくる。

「しっかり朝日屋の宣伝をしろと白花に言っておいたのに、肝心の宿の名を忘れられちまうとは、いったいどういうこった。おれは何のために、わざわざ箸紙《はしがみ》に朝日屋の印を入れたんだろうなぁ」

と言いながら、怜治はまんざらでもなさそうな笑みを浮かべている。

やはり白花の勧めで泊まり客が来たことが嬉しいのだろう。

ちはるも思わず笑いながら、慎介と再び顔を見合わせた。

「やっぱり『あ』だけ書いたのがいけなかったんじゃありませんか？」

ちはるの言葉に、慎介が大げさな表情でうなずいた。

宿泊の記念に朝日屋の名を箸紙に入れるよう白花に求められて、怜治が書いたのは、朝日屋の「あ」のみ——筆の最後をくるんと大きく丸めて、屋号のようにした一文字である。

「ちはるの言う通り、『あ』だけで朝日屋の名を世に知らしめろというのは、やっぱり無理があったのかもしれねえなぁ」

慎介にまで言われて、怜治はすねたように唇を尖らせた。八つ当たりで睨《にら》むように、じろりと男を見やる。

「まさか白花の野郎まで、朝日屋の名を忘れたわけじゃあるめえな」

男は苦笑いを浮かべながら、首と手を横に振った。

「いや、確かに、何とか屋と言っていたが——おれも相当酔っぱらっていたから——」

ふと辺りを見回して、男は暖簾を指差した。

「そうだ、そうだ、曙色の暖簾が目印の旅籠《はたご》だって言っていたぜ。うん、思い出してきたぞ。ここには、白花さんが描いた日輪《にちりん》もあるんだよな？」

男は入れ込み座敷を見渡した。

「あれか！」

入れ込み座敷の隅に置いてある衝立《ついたて》に、曙色の大きな日輪が描かれている。

「日輪はいつも朝日屋とともにある——朝日屋に泊まれば、きっと運が開けるって、白花さんは何度もそう言ってたなぁ」

怜治は肩をすくめる。

「朝日屋の名を忘れてたくせによ」

「だから酔っぱらっていたんだってば」

綾人が湯を張った盥《たらい》を用意してきた。男は草履《ぞうり》を脱いで、足をすすぐ。

「それでは二階の客間へご案内いたします」

たまおが声をかけると、男はぼうっとした表情になった。

「あんたの絵も見たよ。天女のように美しい仲居がいるって聞いたけど、本当だぁ」

男は白花が描いた絵を、ちはるに差し出した。

「これは、あんたにやるよ」

と言いながら、ちはるには目もくれずに、たまおのあとをついていく。

白花が描いた絵を手にして、階段を上っていく男の後ろ姿を眺めながら、ちはるは首をかしげた。

「あのお客さん、あたしには、ずいぶんと態度が違いませんか？」

怜治が、ふふんと鼻先で笑う。

「白花から、おまえの酒癖の悪さも聞いたんだろうよ」

ちはるは、むっと唇を引き結んだ。悔しいが、酒癖が悪いと言われれば反論できない。

慎介が、ちはるの背中をぽんと叩《たた》いた。

「おめえだって器量よしだ。茶碗一杯以上、酒を飲みさえしなけりゃ、じゅうぶんいい女だぜ」

ちはるは手にした絵に目を落とした。

器量よしと言ってもらったが、くっきり折り目のついた似顔絵を改めて見つめると、どことなくゆがんで見える。

ちはるは唸《うな》った。

「本当に、いい女だと思いますか？」

慎介を見上げると、さりげなく目をそらされた。

「ちょっと、どういうことですか」

慎介は笑いながら、ちはるの肩を軽く叩く。

「茶碗一杯以上、酒を飲まなくなったら、また聞いてくれ」

ちはるは「うっ」と唇を引き結んだ。それを言われると弱い——。

怜治が、かかかと高笑いを飛ばす。

ちはるは歯噛《はが》みした。悔しい——だが、反論できない——こんなふうに、人をおちょくるような態度さえ取らなければ、ちはるだって怜治に対してもっと素直になれるのに——。

「いらっしゃいませ」

綾人が戸口へ向かう。振り分け荷物を肩にかけた旅姿の男がもう一人、暖簾の下に立っていた。

「朝日屋はここかい。小田原の蒲鉾《かまぼこ》屋で働いている、伝蔵《でんぞう》さんという人に勧められて来たんだが——」

ちはるは目を瞬かせた。

伝蔵は、朝日屋にとって初めての泊まり客だった男だ。

火事で死んだ妻子との約束を果たすため、長月《ながつき》（旧暦の九月）の終わりに、一人で江戸へ紅葉《もみじ》狩りにやってきた。見頃にはまだ早い時季だったので、人参などの青物で紅葉を表した膳を出して、もてなしたのだった。

大事な家族を失い、気落ちした伝蔵は、自殺も考えていたのだが——朝日屋で生きる力を取り戻して、小田原へ帰っていった。

「伝蔵さん、お元気でしたか？」

思わず問えば、男はにっこりと笑った。

「元気だったよ。小田原宿に泊まった折に、伝蔵さんが勤める蒲鉾屋で蒲鉾を買って、店先で焼いてもらって食べたんだが、それが滅法《めっぽう》美味くてね。おれが江戸へ行くと言ったら、それじゃ絶対に朝日屋に泊まるべきだと強く言われたんだ。『料理も美味いし、とにかく居心地がいいんだ』ってな」

ちはるの胸が、ほわっと温かくなった。

朝日屋を出て、高く昇った日の光の中へ踏み出していった伝蔵の後ろ姿を思い出す。妻子への思いを胸に抱きながら生き直した伝蔵は今、懸命に働いているのだ。食べてくれる人たちのために、心を込めて、美味い蒲鉾を作っている――。

小田原と江戸に離れていながらも、心はすぐ近くにあるような気がした。

「伝蔵さんに聞いたんだが、朝日屋では絵図を描いてくれるんだって？　おれも頼みたいんだが、いいかね」

男の言葉に、ちはるは一瞬考え込んだ。

「絵図ですか――？」

男は「あれっ」と眉を曇らせる。

「紅葉が綺麗《きれい》な寺までの道のりを、絵図で教えてもらったって言ってたよ。ものすごく物覚えのいい下足番が、江戸の町をよく知ってるって——」

新しい盥を用意してきた綾人が男の顔を覗《のぞ》き込んだ。

「江戸の町をよく知っているかはわかりませんが、確かに、わたしが伝蔵さんに絵図を描いてさしあげました」

そんなことがあったと、ちはるは思い出す。

男は、ほっと安堵《あんど》した表情になった。

「おれにも頼むよ。江戸に住んでいる知り合いと、上野《うえの》で会うことになっているんだが、道順が不安でね。何年も前に一度行ったきりの店で待ち合わせなんだ」

綾人は微笑みながらうなずく。

「わたしでお役に立つことでしたら、何なりとお申しつけください」

「だが、まずは部屋へ案内だ」

男が足をすすぎ終えると、怜治が階段へ促した。

「宿帳を書く時に、おれが店の名を聞いておくぜ」

たまおはまだ戻らないので、怜治が男を先導していく。先ほど、ちはるを笑っていた時の表情とは打って変わって、しっかりと朝日屋の主らしい顔つきになっていた。

ちはると慎介は調理場へ戻る。

「いらっしゃいませ」

綾人の声に顔を上げると、戸口に新たな旅人が立っていた。

「朝日屋ってのは、ここかい。この近所の者に勧められてきたんだが――」

ちはるは調理台の前で、慎介と顔を見合わせる。

続々とやってくる泊まり客に、胸が高鳴った。

食事処は連日満席になっている朝日屋だが、本業は旅籠だ。やはり泊まり客がいなくては話にならない。

慎介が天井を仰いで目を細めた。

「朝日屋も、やっと旅籠として認められてきたかな」

感慨深げな慎介の声に、ちはるはうなずいた。

「きっと、あっという間に満室になりますよ。お客さんがいっぱいで、大忙しになって大変だって、嬉しい悲鳴を上げるようになっちゃいます」

「ああ、そうだな。商売繁盛で、嬉しい悲鳴を上げられるようになるといいな」

「はい！」

ちはるは調理台の前に立つと、満ち足りた気持ちで包丁を握った。

もう間もなく日が落ちれば、食事処の客たちもやってくる。

忙しくなるぞ――と意気込んで、ちはるは夕膳に使う葱《ねぎ》を刻んだ。

その数日後――。

「いらっしゃいませ。二名さまでございますね？　こちらのお席へどうぞ」

「お泊まりのお客さま、二階のお部屋へご案内いたします」

わいわいがやがやとした客たちの間から、綾人とたまおの声が聞こえてくる。

「おーい、おれの飯はまだか⁉」

「酒の追加を頼んであるんだが、まだかねえ」

「その席も空いているんじゃねえか」

入れ込み座敷に座っている客たちの視線が、たまおと綾人から、ちはると慎介に移った。

煮物を膳の上に載せようとしていた、ちはるの手が一瞬止まる。

入れ込み座敷にいるすべての客に、一挙一動を凝視《ぎょうし》されている気がした。

不満げな客たちの顔が、すぐそこにある――料理を出すのが遅いと、みな怒っているのだ。

ちはるは仕事に没頭しているふりをしながら、さりげなく客たちから顔をそらした。

江戸の料理屋はもっぱら座り板で、客席から調理場が見えない店も多いが、朝日屋は違う。少ない人数で仕事を回せるよう、立ち仕事をする形に調理場が造られている。また、客席との間には背の低い仕切りしか置かず、あえて「見せる調理場」にしていた。

かつて板長《いたちょう》の慎介は、いわれのない噂《うわさ》を立てられ、町の人々の信用を失った。やくざ者に絡まれ、大事な右腕に怪我《けが》を負い、朝日屋の前身である料理屋、福籠屋《ふくろうや》を失ったのだ。だからこそ、朝日屋ではすべてを見せている。まっとうに働いて、誠意をつらぬき、客の信用を勝ち得るしかないという思いで、一同は励んでいる。

それなのに——。

何が嬉しい悲鳴だと、ちはるは自分の甘さを噛みしめた。

伝蔵と白花、それに近所の者たちのおかげもあり、先月の終わりから朝日屋に泊まり客が増え始めた。そして師走《しわす》（十二月）に入ったとたん、泊まり客はさらに増えて、毎日のように客を相部屋にしている。

望んでいた事態だ。

しかし、人手が足りていない。

きっと、あっという間に満室になると浮かれていたのは、ほんの四、五日前のことなのに——。

「お待たせいたしまして、大変申し訳ございません！」

慎介が入れ込み座敷に向かって声を張り上げた。

「ただ今料理をお持ちいたしますので、もう少々お待ちくださいませ！」

慎介は手早く膳の用意をしながら、ちはるに鋭い目を向けた。

「料理を運んでいって、空いた膳を下げてこい」

「はい」

ちはるは膳を手にして調理場を出た。こちらに気づいた綾人が目で合図を送ってくる。示されたところへ膳を運んでいくと、そのなめ向かいに座っていた客が声を上げた。

「おい、おれのほうが先に注文していたはずだぜ」

「えっ」

見ると、いらいらしたように膝を揺らしながら顔をしかめている。

間違えてしまったのか――。

運んできた膳に目を戻せば、料理にはすでに箸がつけられていた。

先に注文していたのだと主張した客の前に、ちはるは膝をついた。

「申し訳ございません。今すぐにお持ちいたしますので――」

と言っている間に、慎介が新しい膳を運んできた。

「大変お待たせいたしました。ご不快な思いをさせてしまい、本当に申し訳ございませんでした」

慎介が膳を置いて頭を下げると、客は唇を尖らせながらもうなずいた。

「本日の膳は、鱈《たら》の小鍋立て、烏賊《いか》の唐辛子炒め、小松菜《こまつな》とわかめの煮浸し、叩き牛蒡《ごぼう》、白飯、あさりの澄まし汁――食後の菓子は、小蜜芋《こみついも》でございます」

客が膳を覗き込んだ。

「おぅ――烏賊のいいにおいがたまらねぇぜ」

客は鼻をひくひくと動かしながら、頰をゆるめる。

「輪切りにされた身が、ぷりぷりしてそうだなぁ。烏賊だけに、いかにも美味そうだ――なんてな」

慎介が合いの手を入れるように、声を上げて笑った。自分の洒落《しゃれ》が受けたと思ったのか、客は機嫌顔になった。

「鰆の身も厚くて美味そうだ」

と言いながら、客は叩き牛蒡の小皿を手に取る。

「この時季に叩き牛蒡が出てくると、もうすぐ歳末って気分が増すなぁ」

慎介は大きくうなずいた。

「おせち料理にも欠かせない一品でございますからね」

「味が染みやすくなるように、茹でた牛蒡を叩くんだろ?」

「お客さま、よくご存じで」

慎介が目を丸くすると、客は得意顔になった。

「牛蒡は、土の奥深くまで根が伸びていくから、家の根本がしっかりするようにって願をかけて、おせちに使われるんだよなぁ」

慎介は感じ入ったように目を細めて何度もうなずく。

「おっしゃる通りでございます。朝日屋一同も、お客さまのお幸せを日々願って、料理を出させていただいております」

客がさらに口を開く前に、慎介は深々と頭を下げた。

「どうぞ冷めないうちにお召し上がりくださいませ」

客は膳の上に目を戻してうなずくと、箸を手にして、料理を食べ始めた。

慎介が調理場へ戻っていく。ちはるは空いた膳を下げながら、そのあとに続いた。

「ありがとうございました。慎介さんのおかげで、お客さんを怒らせずに済みました」

ちはるの言葉をさえぎるように、慎介が唸った。

「まずいぞ」

客席から身を隠すように、慎介は台所の奥へ向かった。入れ込み座敷にいた時とは打って変わって、険しい表情だ。

水瓶《みずがめ》から水を汲むと、慎介は気を静めるようにあおった。

「早急に何とかしねえと、客が離れていっちまう」

独《ひと》り言《ご》つように呟いて、慎介は調理台の前に戻った。

入れ込み座敷では、たまおと綾人が慌ただしく動き回っている。

「ちはる、今日はできる限りあっちを手伝え。料理のほうは、おれが何とかするから」

「はい」

客の様子を窺って、入れ込み座敷を見渡せば、階段の途中に立って腕組みをしている怜治の姿が見えた。まるで盗賊《とうぞく》どもの塒《ねぐら》を睨みつける火盗改《かとうあらため》のような目つきで、じっと客席を見つめている。

「おい、おれの膳はまだか」

入れ込み座敷から上がった声に、ちはるは慌てて客席を見回した。

調理場の近くに座っている客が、むすっとした顔をしている。周囲の客が料理を食べ進めている中で、一人だけ目の前に何もなかった。

「申し訳ございません、ただ今お持ちいたします」

慎介が用意している最中の膳の上に、ちはるは小松菜とわかめの煮浸しを載せた。

これで一汁四菜——品数を確かめてから、客のもとへ膳を運んでいく。

「大変お待たせいたしました」

仏頂面《ぶっちょうづら》の客の前に膳を置いて、空いた膳を下げながら調理場へ戻る。

通路を歩きながら、ちはるは唇を引き結んだ。

入れ込み座敷の雰囲気がいつもより殺伐としている。左右から突き刺さるように飛んでくる客たちの視線が痛い。

朝日屋で出す一汁四菜の膳は、幸せの膳——四菜の「四」は、幸せの「し」なのに——

それなのに客を不快にさせてどうするのだと、悔しくなった。

けれど体はひとつしかない。すべての客を満足させる頃合いで料理を供することはできなかった。


「口入屋《くちいれや》から、いい報《しら》せがきたよ」

最後の客が帰った直後に、兵衛《ひょうえ》が足取り軽く入ってきた。

「明日から来てくれる仲居が見つかったんだ」

兵衛は入れ込み座敷に上がり込むと、向かいに腰を下ろした怜治を得意げな顔で見た。

「わたしが口入屋に頼んだ通り、料理屋で働いた経験があって、読み書きが達者な人だってさ。おまけに見目もいいらしいよ」

怜治は眉間《みけん》にしわを寄せて、兵衛を睨むように見た。

「そいつは何で、前にいた店を辞めたんだ？」

兵衛はきょとんとした顔で目を瞬かせる。

「何でって――聞いていないけど――家の事情で引っ越したとか、前の店が潰れたとか、そんなところじゃないのかい」

怜治は鋭く目を細めた。

「こらえ性がねえってわけじゃねえだろうな。辛抱強い者でなきゃ、客商売は務まらねえぜ。それに、うちは飯盛《めしも》り旅籠じゃねえんだ。ちょっとくらい見目がよくたって、ろくに挨拶もできねえ女じゃ困る」

兵衛は、むっと唇を尖らせた。

「怜治さんの言い分は、明日、本人に言っておくれよ」

兵衛はすねたように床に目を落とした。

「わたしは朝日屋のためを思って、口入屋に経験者を頼んだんだ。だって、今の朝日屋には、まったく働いた経験のない者に一から仕事を仕込む余裕なんてないだろう？　旅籠や料理屋で働いていた経験のある者なら、客の案内も、お運びも、すぐに任せられるじゃないか。金勘定だって、できたほうがいいに決まってる」

「本当に、そうなのか？」

と言いながら、怜治は表情をゆるめずに兵衛を見つめ続けた。

「旅籠や料理屋で働いていたと本人が言っても、まっとうな仕事をしていたのかはわからねえぜ。どんな店で、どんな仕事をしていたのかがわからなきゃ、何とも言えねえ。店の二階で色を売っているだけでした――なんて話だったら、どうする」

兵衛は口をつぐんだ。

元火盗改の怜治は、実際にそんな女を大勢見てきたのかもしれないと、ちはるは思った。

慎介が握り飯を運びながら「まあ、まあ」と二人の間に割って入る。

「過去はどうあれ、今まっとうに働く気があればいいんじゃないですかねえ。一番大事なのは、本人のやる気なんだから」

兵衛は気を取り直したように顔を上げた。

「やる気だけは、じゅうぶんあるに決まっているさ。とにかく朝日屋で働きたがっているらしいんだよ。朝から晩まで、身を粉《こ》にして働くと言っていたんだってさ」

慎介は感心しように「へえ」と声を上げる。

たまおが兵衛の前に茶を置いた。

「そんなに朝日屋に思い入れしてくれているなんて、何かきっかけがあるんでしょうか」

兵衛は湯呑茶碗を手にして目を細めた。

「一陽来復《いちようらいふく》に、幸せの四菜——とにかく縁起のいい宿だっていう評判を聞いたらしいよ。あとは、美味い賄《まかない》が目当てなのかねえ」

怜治の隣に腰を落ち着けた慎介が嬉しそうな笑みを浮かべる。

「賄ってのは大事だ。働くための力になるからな」

ちはるは烏賊の唐辛子炒めを各自の前に置きながら、大きくうなずいた。

「うちの賄が美味しいと聞きつけてきた人なら、見込みがあるかもしれませんよ。あたしも、もっと頑張って、腕を上げなくちゃ」

怜治は、ふんと鼻を鳴らした。

「張り切り過ぎて、空回りするんじゃねえぞ」

ちはるは怜治の顔を見ながら、慎介の隣に座った。

「どういう意味ですか、それ」

怜治は握り飯を手に取って、にやりと口角《こうかく》を引き上げる。

「まずは基本をしっかり学べと言っているんだ。今のおまえは、慎介の下で、しっかりと型を覚えなきゃならねえんだからな。『守破離《しゅはり》』って言葉を知ってるか？　型を身につけることができなけりゃ、型を破り、その先の境地へ辿り着くことはできねえんだぜ」

ちはるは背筋を伸ばして、居住まいを正した。

型を破った、その先の境地――。

今のちはるには、まだ想像することもできない。

ちはるは、ぐっと唇を引き結ぶ。

いつか、慎介の教えを超えたその先へ、足を踏み出す日がくるのだろうか。

一人前の料理人として――。

「究極を目指してこそ、おまえの鼻っ柱の強さも生きるってもんよ。今のままじゃ、ただの生意気な小娘だからなぁ」

怜治の言葉に、ちはるの胸の中が熱く燃えた。険しい道でも挑んでやるぞという闘志がみなぎってくる。

ちはるは目の前の握り飯にかじりついた。焼いた塩鮭の身をほぐし、炒り胡麻《いりごま》とともに白飯に混ぜ込んで握った物だ。

嚙めば、口の中でほろりと飯がほぐれた。塩鮭のしょっぱさと甘みが白飯に絡みつき、炒り胡麻の香ばしさを抱き込むようにして、口の中に広がっていく。

塩鮭の量は多過ぎず、少な過ぎず――慎介の混ぜ具合は絶妙だと、ちはるは感じ入った。あともう少し、どちらかに偏っていたら、この見事な味わいは崩れている。

握り飯ひとつ取ってみても、料理は奥深いのだと、ちはるは改めて思った。

握り飯を食べ進めると同時に、心も柔らかくほぐれていく。

やはり賄は大事だ――。

烏賊の唐辛子炒めを頰張れば、ぴりりとした辛みと烏賊の甘みが口の中で弾けるように躍った。烏賊のほんのり焦げた部分が、たまらない香ばしさを放っている。

どんどん箸が進んだ。

入れ込み座敷の隅に置いてある火鉢から、ぱちぱちと炭の燃える音が聞こえてくる。

湯呑茶碗を手に取ると、ほんわり漂ってくる炭のにおいと煎茶の香りが、ちはるの鼻先で絡み合った。

みなで車座《くるまざ》になって賄を食べ、火鉢で温められた室内で茶を飲む――そんな日常のありがたみが身に染みた。

新しい仲居もいい人でありますようにと願いながら、ちはるは少しぬるくなった茶を飲んで、ほうっと息をついた。

新しい仲居がやってきたのは、翌早朝である。

風にひるがえった曙色の暖簾の下に、その女が立った瞬間を見たちはるは、はっと息を呑んだ。

通りを行く者たちが首をすくめて急ぎ足になっている中、まるっきり風など感じていない様子で悠然《ゆうぜん》と微笑みながら、凛《りん》と背筋を伸ばして前を向いている女に目が奪われる。

色白の顔に、すっと引かれた唇の紅が鮮やかだ。

まとう着物は地味な濃鼠《こいねず》なのに、まるで雪囲いの中でしゃんと枝葉を伸ばして咲き誇っている大輪の赤い牡丹《ぼたん》が、突如その場に現れたかのような心地になった。

女は朝日屋に一歩踏み入ると、にっこり笑みを深めた。

「わたくし、えんと申します」

しっとり胸に染み入ってくるような心地よい声が土間に響いた。

「今日から朝日屋で働かせていただくことになりました。どうぞよろしくお願いいたします」

ちはるは思わず調理台の前で口を半開きにして見惚れた。

艶やかな甘い香りが、おえんから漂ってきそうだ。

「わたしは下足番の綾人です」

下足棚《げそくだな》の脇にいた綾人が、おえんに歩み寄った。

「こちらこそ、どうぞよろしくお願いいたします」

さすがは元女形、自分も含めて美しく華やかな容姿を見慣れているせいか、おえんを前にしても平然とした顔をしている。

おえんは小首をかしげて綾人を見上げた。

「元乙姫《おとひめ》一座の綾人さま――」

綾人は微苦笑を浮かべる。

「今は朝日屋の綾人です」

おえんは、はっとした表情になって頭を下げた。

「申し訳ございません。以前お芝居《しばい》を観にいったことがございましたもので、つい――」

おえんは顔を上げると、調理場のほうへ歩み寄ってきた。

「懸命に働きますので、よろしくお願いいたします」

と言って、再び頭を下げる。どうやら腰が低い女のようだ。

じっと見ていたら、身を起こしたおえんと目が合った。おえんは、にこりとやわらかな笑みを浮かべる。ちはるも釣られて微笑んだ。

二十歳くらいだろうか——妖艶《ようえん》な大人の女という風情をかもし出しながらも、わずかに緊張したような瞳の揺らぎが、どこか初々しい。

つんと澄ましていれば近寄りがたいだろうが、ちはるに微笑みかけてくる優しい表情には親しみやすさを感じる。

まさに、触れてみたいが触れてよいものかためらわれる花のような人だ——と、ちはるは思った。

「来たか」

階段を下りてきた怜治がまっすぐ、おえんに向かってきた。

おえんは怜治に向き直ると、優雅な仕草で一礼する。

「えんと申します。どうぞよろしくお願いいたします」

怜治は片眉を上げて、おえんを見すえながら「おう」と答えた。

「料理屋で働いた経験があると聞いたが、女中だったのか？　店によっては女中も台所を手伝うと聞いたが、おまえはどうだ」

おえんは微笑みながら首を横に振る。

「わたくしは、お運びだけをしておりました。料理屋だけでなく、旅籠も含めて何軒かで働いたことがございますが、台所に入ったことは一度もございません」

「それじゃ青物を洗ったり、皮をむいたりなんてことは——」

「一切しておりません」

　怜治は調理場にいる慎介を見やった。

「とりあえず今日は、裏で洗い物なんかやらせてみるか？」

「そうですねえ――」

　二人のやり取りを前に、おえんは困り顔になった。

「あの、わたくし、慣れない調理場に入って右往左往し、大事な器を割ってしまわないか
――それが心配でございます」

　慎介が顎《あご》に手を当て唸る。

「確かに、これまでと同じ仕事のほうがいいかもしれねえな」

　怜治はななめにおえんを見やった。

「それじゃ、お手並み拝見といくか」

　おえんは安堵したような表情でうなずいた。

「それでは、わたくしの持ち場は入れ込み座敷ということで――」

「仲居頭は、たまおだ」

　怜治がおえんをさえぎった。

「おまえは、たまおの指図を受けろ」

「かしこまりました」

おえんは殊勝な顔で一礼する。

「それでは、たまおさんにもご挨拶させてくださいませ」

「じきに来る」

怜治の言葉に、おえんは小首をかしげた。

「たまおさんは、まだいらしていないのですか?」

綾人が取り成すように、おえんに笑いかけた。

「わたしを含めて、他のみんなは住み込みなのですが、たまおさんだけが通いなのです。もっと近くに、たまおさんの住む長屋を探しているところなのですよ」

おえんは綾人を見上げた。

「たまおさんは今どちらにお住まいなのですか? 朝日屋へ来る前は、湯島の水茶屋《みずちゃや》で茶汲み女をしていたと伺いました。お気の毒に、ご亭主は辻斬《つじぎ》りに殺されてしまったそうですが——」

怜治が鋭く目を尖らせる。

「いったい誰に聞いたんだ?」

「口入屋さんでございます。働き心地のいいところかどうか、心配だったものですから、朝日屋のみなさまのことも多少は教えていただきました」

おえんは悲しげに目を伏せる。

「わたくしが、なぜ勤め先を何軒も変わったのか、ご不審に思われたかもしれませんが――ここで身の潔白を訴えさせていただけますならば、言わせてください。すべて、女中仲間からのひどい嫌がらせでございました」

　事の真偽を確かめるように、怜治は目を細めておえんをじっと見つめた。

　おえんはつらい過去に立ち向かうように、胸の前で拳《こぶし》を握り固めて、ぐっと胸をそらした。

「誠心誠意を込めてお客さまのために尽くし、励んだ甲斐があって、わたくしはお客さまにすぐ顔を覚えていただくことが多かったのです。『頑張っているね』『また来るよ』などと、何かにつけて温かいお言葉をかけていただけることを心の支えとし、自分の仕事に誇りを持っておりました」

　おえんは言葉を切って、うつむいた。牡丹の花びらが強風に揺らされたかのように、ふるりと睫毛《まつげ》を震わせる。

「けれど残念ながら、周りにいるすべての人と心を通じ合わせることはできませんでした。近くにいた人ほど、わたくしをうとましく思っていたようでございます」

　怜治は肩をすくめた。

「女同士の妬みか」

「残念ながら、そのようで……」

おえんは自嘲めいた笑みを浮かべた。

「仲よくしていると思っていた女中仲間が、わたくしの悪い噂を流していたのです。『あの女は客に媚《こび》を売るだけでなく、陰で色も売っている』と——何度も違うと訴えましたが、周りの人たちに信じてもらうことはできませんでした。わたくしを見る周りの目はどんどん変わっていって、わたくしも周りを信じることができなくなりました。だから、辞めたのです」

気を取り直すように大きく息を吸って、おえんは怜治の顔をじっと見た。

「昔の恨み言をこぼすような真似をして、申し訳ございません。ですが、わかっていただきたかったのですわ。決して仕事をおろそかにして、前の奉公先を辞めたわけではないと——」

おえんは胸を張って、一同を見回した。

「口入屋さんで、みなさまのお話を聞いた時、朝日屋でなら、また頑張れるのではないかと思いました。みなさまと一緒に働きたいと、強くそう思いました」

おえんが健気な表情で笑いかけてくる。

「みなさまに認めていただけるよう、精一杯頑張ります」

まっすぐに見つめてくる澄んだ目がとても美しい——その目を見ながら、ちはるは、この世には美しいがゆえの苦労があるのだと改めて思った。

元女形の綾人にも、美しいがゆえの苦労があった。綾人を我が物にしようとした座元の誘いを断り、折檻《せっかん》されていたのだ。

そして、たまおも、勤めていた水茶屋の客から好色な目を向けられていた。

本来であれば誇るべき美しさが仇《あだ》となるとは——。

しかし、思わぬところで悪意を受ける恐れは誰にでもあるだろう。

何の落ち度もなく過ごしているつもりでも、ある日突然——または、いつの間にか——状況は変わってしまうのだ。

人の口というものは恐ろしい。

悪い噂を流されたというおえんの無念は、ちはるにもよくわかった。

夕凪亭《ゆうなぎてい》という料理屋だったちはるの実家は、奉公人が流した悪評によって潰され、乗っ取られている。つらかった日々を思い出せば胸が痛くなり、恨みつらみも噴き出してくる。

おえんと同様に、いわれのない噂を「違う」と否定したい。今だって、ちはるの中にその気持ちは残っている。できることならば、死んだ両親の無念を晴らしたい。

たとえどんなに時が過ぎても、傷ついた過去は変わらない。この先も、ずっと引きずり続けるのではないだろうかと思う。

過去を手放して楽になりたいと思っても、両親の無念を思えば、忘れてはいけないという思いに責められるのだ。

絶対に、久馬《きゅうま》を許してはならない――。

過去を思い出すと、憎しみがふつふつとよみがえってしまう。

店を乗っ取り、のうのうと生きているあの男を恨み続けなければ、両親の死を「仕方なかったこと」として受け入れるしかなくなってしまうような気がした。

久馬が現れなければ、自分たち親子三人は、きっと今でも夕凪亭で笑い合っていられたはずなのに――。

「たまおさんがいらっしゃるまで、わたくしは何をしていればよろしいでしょうか？」

おえんの凜とした声が響いた。ちはるは我に返る。

低い仕切りの向こうに目を戻せば、怜治が入れ込み座敷を指差していた。

「ここの掃除でもしてな」

「かしこまりました」

おえんは袂《たもと》の中からたすきを取り出すと、手早く袖を絡げた。

綾人が雑巾と桶を用意してくる。おえんは拝むように、胸の前で両手を合わせた。

「ありがとうございます」

綾人が優しく微笑んだ。

「頑張ってください」

「はい」

おえんは、はにかんだような笑みを浮かべた。近くに寄れば、その頬は、ほんのり朱に染まっているのではないだろうか。

やはり綾人の笑みはすごいと、ちはるは感心する。女形から下足番に変わっても、人を魅了する美しさは変わらないのだ。

入れ込み座敷に上がったおえんは、きびきびと掃除を始めた。水で濡らした雑巾をきっちり絞って、板張りの床を隅から拭き始めている。茣蓙《ござ》の敷いてあるところは、しっかりと乾拭《からぶ》きだ。

慎介が感心したように唸った。

「身が入っているな。客の相手も慣れているようだから、こりゃあ頼りになるんじゃねえのか」

ちはるは同意して、朝膳の支度に取りかかった。

ちらりと入れ込み座敷を振り返れば、おえんが桶の中で雑巾を洗っているところだった。その表情は真剣そのもの――脇目も振らず、ただひたすら懸命に、掃除に打ち込んでいる。

いい人が来てくれたと、ちはるは思った。

やがて、たまおがやってきた。怜治からおえんを託されて、入れ込み座敷を確かめると、感心しきりの表情で大きくうなずいた。

「とても、ぴかぴかだわ。ものすごく気持ちがいいわね」

「ありがとうございます」

おえんは嬉しそうに頭を下げた。

「次は何をいたしますか？」

「わたしと一緒に、二階の客室までお膳を運んでください。お食事を終えたお客さまが出立なさったら、今度は客室の掃除をします」

「かしこまりました」

たまおとおえんが調理場へ膳を取りにくる。

本日の朝膳は、鮪《まぐろ》の山かけ、小鯛の塩焼き、納豆、卵焼き、白飯、青物たっぷりの集め汁である。食後の菓子は蜜柑《みかん》だ。

「まあ、美味しそうですね！」

思わずといったふうに、おえんが声を上げた。膳の上を見て、目を輝かせている。

「山かけに使われている鮪の刺身が、とても綺麗ですね。色艶がよくて、下魚《げざかな》だなんて思えません。やっぱり包丁の入れ方がいいから、こんなに美味しく見えるんでしょうか」

慎介は「まあな」とうなずいた。

「ここは魚河岸《うおがし》が近いから、いつでも新鮮な魚が手に入る。新鮮な物は美味いに決まっているのさ」

おえんは膳の上の小鯛に目を移す。

「小鯛の塩焼きも、とても美味しそうですね。香ばしそうな焼き色がついて——火の入れ具合が、とても難しいんでしょうね」

「それは、あたしが焼いたんです」

思わず口を挟んだちはるに向かって、おえんは目を見開いた。

「ちはるさん、すごいです。朝日屋には女料理人がいると聞いた時、珍しいと驚きましたけど——我が道を立派に突き進んでいらして、尊敬します」

「いや、そんな——尊敬だなんて、とんでもないです」

気恥ずかしくなって、ちはるは小さくもじもじと身をくねらせた。

「謙遜《けんそん》することはありませんよ」

おえんは真剣な目で、ちはるの顔を覗き込んだ。

「男の料理人が多い中で、これだけ頑張っていらっしゃるんですもの。もっと自分を誇っていいと思います」

おえんは慎介に目を移した。

「もちろん、師匠が素晴らしいから、弟子も頑張れるのでしょうね。相手が女だからと侮らず、しっかり教え込む板長は、本当に素晴らしいです。慎介さんのお人柄が、朝日屋の味を支えているのですね」

　慎介は照れくさそうに後ろ頭をかいた。

　おえんは微笑んで、集め汁の椀を覗き込む。

「人参、大根、牛蒡、葱――青物がたっぷり入っていて、体によさそうな味噌《みそ》汁ですね。油揚げも入っているから、きっと、いいこくが出ているはずです」

　慎介が目を細めてうなずく。

「おめえさんの言う通りだ。さすが、料理屋で働いていただけのことはあるな」

　おえんは遠慮がちに、おずおずと慎介を見上げた。

「あの……朝日屋では、いつ誰がお客さまに何を聞かれても困らないように、みんなで味を見ることになっていると聞きましたけれど……わたくし、まだ、味を見させていただいておりません。わたくし以外のみなさまは、先ほど召し上がっていらしたようですが――」

　慎介は気まずそうに目を泳がせた。

「ああ、それは――正式に雇うことが決まってからでいいと、さっき怜治さんに言われてな」

　おえんの顔が悲しげに曇る。

「そうですか……わたくしは、まだ、正式に雇っていただけると決まったわけではないのですね……」

慎介は困ったように、おえんを見た。

「悪く思わねえでくれ。お互いのために、まずは一日試してみてから、正式に決めようってだけの話さ。昼と夜の賄は、しっかり出すしよ」

おえんを励ますように、慎介は続ける。

「おめえさんに関しちゃ、まず心配はねえだろう。こっちがよくても、おえんさんのほうで、やっぱり朝日屋は嫌だと思うかもしれねえぞ」

おえんは大きく頭を振った。

「わたくしが朝日屋を嫌だと思うことなんてありえません。ほんの少し働かせていただいただけでわかります。朝日屋のみなさまは、本当にいい方たちばかり――働きやすいところです」

おえんは口角を引き上げて、両手の拳を握り固めた。

「主の怜治さんにも働きぶりを認めていただけるよう、しっかり頑張ります」

殊勝な顔で顎を引き、おえんは両手でしっかと膳を持った。

「お運びいたします」

丁寧に一礼してから調理場を出ていく。

慎介が、たまおに顔を向けた。

「しっかり面倒を見てやりな」

「はい」

たまおは笑顔で膳を手にした。

「では、わたしもお運びいたします」

おえんのあとについて進んでいくたまおの後ろ姿を、ちはるは調理台の前で見送った。

おえんが正式に仲居となれば、たまおも楽になるだろう。もちろん、調理場で働くちはると慎介にとっても、ありがたい。

食事処の書き入れ時や、客室の掃除などを考えれば、この先また人手を増やすことになるのかもしれないが、まずは一人——おえんからだ。

仲居頭のたまおを中心に広がっていく仲居たちの輪を、ちはるは思い浮かべた。

朝日屋には、ますます活気が満ち溢れるだろう。

そして仲居たちが客のもとへ運んでいく膳の上には、常に美味い料理を載せなければならない。

先ほどのおえんの言葉を、ちはるは思い返した。

——主の怜治さんにも働きぶりを認めていただけるよう、しっかり頑張ります——。

怜治はともかく、客に認めてもらえる味を作り出せるよう、自分もしっかり頑張らねばならぬと、ちはるは強く思った。

やはり、おえんは客あしらいが上手い。

表口から旅立っていく客たちはみな上機嫌で、見送るおえんに別れの言葉をかけている。

「おえんさん、さっきはありがとうな。おかげで、いい土産物が買えそうだ」

「おれも、このあとさっそく、おえんさんが教えてくれた店に行ってみるよ。きっと女房も喜ぶぜ」

どうやら朝膳を運んでいった際に、江戸土産への助言を求められたようだ。

おえんは嬉しそうに、にこにこと笑っている。

「お役に立てましたなら、とても嬉しいです。また江戸へお越しになる機会がございましたら、どうぞ朝日屋へお泊まりくださいませ」

客も笑顔で「また必ず来るよ」と応じ、去っていく。

「ありがとうございました」

客の後ろ姿が見えなくなるまで、おえんは深々と頭を下げ続けている。

身を起こし、ほっとひと息つく姿は実に堂々として見えた。

やはり経験者は違う――。

初日から、おえんにも料理の味を見させてやればよかったのではないかと、ちはるは思った。

しかし、朝日屋の主としての怜治の判断も決して間違いではないと、すぐに思い直す。

久馬のような例もあるのだ。働きぶりや人となりをしっかり見てから正式な奉公人と認めても、遅くはないだろう。

今日の終わりには、怜治も「明日からよろしく頼むぜ」などと、おえんに告げているであろうが――。

ちはるは昼の賄を張り切って作った。

客に出す料理とは違うが、これも朝日屋の味だ。おえんにじっくりと味わってもらいたい。

鮪を食べやすい大きさに切り、千切りにした生姜とともに煮る。味つけは、酒、醬油、みりんである。どんぶりによそった白飯の上に鮪の生姜煮を載せ、刻み葱を散らせば、でき上がりだ。

賄の分を見込んでたっぷり作っておいた集め汁とともに、ちはるは入れ込み座敷へ運んだ。

「たまおさん、ひどい！」

突如聞こえた叫び声に、ちはるはびくりと身をすくめた。

二階からだ。

階段のほうを見上げれば、おえんの悲痛な声が響き渡った。

「あまりな言いようではございませんか！　わたくしは、お客さまのお力になれたらと思って、いろいろお話しさせていただいたのです。決して、媚を売ろうとしたわけではございません！」

下足棚を拭き清めていた綾人が階段の下に近寄った。ちはると顔を見合わせてから、二階を振り仰ぐ。

二階では、おえんとたまおが客室の掃除をしているはずだ。

いったい何が起こったのか——。

入れ込み座敷に盆を置いて、ちはるも階段の下へ行ってみる。

「おえんさん、わたしは、そんなつもりじゃ——」

「じゃあ、どういうつもりだったとおっしゃるんですか⁉」

綾人と並んで二階の様子に耳を澄ますも、状況がよくわからない。

おえんを傷つけて怒らせるようなことを、たまおが何やら言ってしまったようだが——聞こえてきた言葉から察するに、泊まり客へのおえんの態度に対して、何か行き違いがあったのではないだろうか。

「おえんさんのほうこそ、ひどいじゃないの！」

今度は、たまおの叫び声が響き渡った。

「あなたに何がわかるっていうの⁉　何も知らない人に、そんなこと言われる筋合いないわよっ」

ちはるは綾人と再び顔を見合わせる。

おえんが何か言ったようだが、何と言ったのか、ちはるには聞こえなかった。綾人も同様のようだ。心配そうな表情で首をかしげている。

ぼそぼそと小さな話し声が聞こえた。内容はわからない。

「もういい加減にして！　出ていってよ！」

たまおの怒鳴り声がした。

少しの間を置いて、ばたばたと足音が近づいてくる。ちはるは、とっさに階段から離れた。綾人とともに、そそくさと入れ込み座敷へ戻る。

ほどなくして、おえんが階段を下りてきた。

「まあ――いいにおいですね」

目を潤ませながら、取り繕うように声をかけてくる。ちはるは平静を装って、顔を上げた。

「今日は、あたしが腕によりをかけて賄を作りました。どうぞ召し上がってください」

おえんはぎこちない笑みを浮かべてうなずいた。先に座っていた綾人の隣に腰を下ろして、どんぶりの中を覗き込む。

「いかにも甘じょっぱそうで、ごくりと喉が鳴ってしまいますわ。これは、わたくしも一緒にいただいていいんですよね？」

確かめてくるおえんに、ちはるは大きくうなずいた。

「存分に味わってください。お代わりもありますよ」

気を取り直したように、おえんは笑みを深めた。

「同じ場所で同じ物を食べると、何だか、もう仲間と認めていただけたような気分になってしまいますわね」

綾人が優しく微笑んだ。

「朝日屋の賄は美味しいですよ」

「はい」

おえんが嬉しそうに微笑み返す。

とんとんと、階段から足音が聞こえてきた。ゆっくりと、たまおが下りてくる。

おえんの表情が、さっと強張《こわば》った。怯えたように目を伏せて、唇を引き結ぶ。

たまおが憮然とした面持ちで入れ込み座敷へ足を踏み入れると、おえんは意を決したように顔を上げた。

おえんは居住まいを正して、たまおに向き直る。

「先ほど角部屋の掃除を飛ばしてしまいましたことは、本当に申し訳ございませんでした。すでに、たまおさんが掃除なさったと勘違いしてしまった、わたくしの落ち度でございました」

おえんは床に両手をついて、深々と頭を下げた。姿勢を戻すと、両手を床についたまま、たまおに向かって身を乗り出す。

「ですが、お客さまに色仕かけで心づけをねだろうとしていた事実はなかったと、お認めください。ただ尋ねられるままに、江戸土産が買えるお店をお教えしただけなのです」

たまおは唇をわななかせて、おえんの前に立ちつくしている。

「おえんさん、わたしが、いつ、そんなことを言ったの⁉」

「わたくしのことを愚図だとお怒りになられているのでしょうが、だからといって、前の店で流された悪い噂を事実だと決めつけられるのは心外でございます」

たまおは、ぐっと拳を握り固めた。おえんは静かに、たまおを見上げている。

その口元が、ほんのわずかに動いた。口角が上がっている。口の中で歯を食い縛っているようにも見えるが、なぜだか同時に、笑っているようにも見えて、ちはるは戸惑った。

おえんが袖で目元を押さえる。手をどけた時の表情は、今にも泣きそうだった。

いや、実際に涙が出たのか――わずかに目尻が濡れているように見えた。

「わたくしは、ここで働きたい――本当に、やる気はあるのです。それだけは信じてください」

おえんは再び深々と頭を下げた。たまおの口元が、ひくりと引きつる。

「おえんさん、わたしは――」

「おい、何をやっているんだ」

勝手口の外へ干し大根の様子を見にいっていた慎介が戻ってきた。怪訝《けげん》な顔で、たまおとおえんを交互に見やる。

「揉《も》め事じゃねえだろうな」

おえんは弱々しい笑みを慎介に向けた。

「わたくしが悪いのです。言いつけられた仕事を間違えて、たまおさんを怒らせてしまいました」

たまおは唇を嚙んで、おえんを見つめている。

慎介は咎《とが》めるような眼差しを、たまおに向けた。

「初日から何でもかんでも上手くできる者ばかりじゃねえだろう。前も同じ仕事をしていたとはいえ、勝手の違うところもあるはずだ。一から丁寧に教えてやれよ」

たまおは大きく息を吐いた。

「なあ、たまお――」

「わかりました」

慎介をさえぎって、たまおは入れ込み座敷に腰を下ろす。綾人の隣――おえんの反対側だ。前を向いていれば、おえんと目が合わない。

綾人はちらちらと左右に目だけを走らせて、おえんとたまおの様子を気にしている。ちはるも、さりげなく二人の顔色を窺った。

おえんが心細げに綾人を見る。綾人は困ったような笑みを浮かべた。

たまおは顔を強張らせて黙り込んでいる。

ちはるの胸の中に、もやもやとした黒い霧が広がった。

たまおとおえんの間には目に見えない大きな溝がある。二人がしゃべれば、しゃべるほど、その隔たりは広がっていくようだ。

おえんは、たまおに怒られたと言っているが、ちはるにはあっさり飲み込めない。

何かが、おかしい。

確かに、たまおは厳しいことも言う。小田原から来た伝蔵が、妻子のあと追いをしないか心配したちはるに向かって、よけいな世話を焼くなと、きつくたしなめたこともあった。

だが、懸命に頑張っている者を愚図だと罵《ののし》ったり、噂を真に受けて悪く言ったりはしないはずだ。

先ほど聞こえてきた話から察すると、たまおもおえんに何か言われたようだ。

二人の間に、何か誤解があったのではないか――。

ちはるの頭の中に、おえんの言葉がよみがえってくる。

――わたくしが、なぜ勤め先を何軒も変わったのか、ご不審に思われたかもしれませんが――ここで身の潔白を訴えさせていただけますならば、言わせてください。すべて、女中仲間からのひどい嫌がらせでございました――。

過去の傷がもとで、おえんが必要以上に、たまおの言葉を大きく受け止めてしまった恐れはないだろうか。女同士の妬みに苦しめられたおえんが、また同じ目に遭《あ》いたくないと思うがあまり、たまおをひどく警戒してしまっているとは考えられないだろうか。

ちはるは、かつて住んでいた貧乏長屋を思い返した。

借金取りに押しかけられていたちはるたち親子三人に関わろうとする者は誰もおらず、ちはるも長屋の住人たちを避けていた。常に白い目で見られているような気がして、内職の仕事を探す邪魔をされているのではないかと疑ったこともあったのだ。

気持ちに余裕がない時は、さまざまなことが裏目に出てしまう。

おえんが朝日屋に来て、丸一日も経っていないのだ。こちらがおえんの様子を見ているように、おえんだってこちらの様子を見ているだろう。まだ互いに信用しきれていないのは仕方ない。

そんな中で、何か行き違いが起こったとしか、ちはるには考えられなかった。

「おっ、美味そうなにおいだな」

表口から、怜治がふらりと入ってきた。慎介が眉間にしわを寄せる。

「どこへ行っていたんですか。お客じゃねえんだから、表から堂々と出入りしないでくださいよ。まったく、何度言わせれば気が済むんだ」

怜治は悪びれた様子もなく、ひらひらと手を横に振った。

「ちょいと野暮用でな。それより、飯だろう」

怜治は入れ込み座敷にどっかり腰を下ろすと、真っ先に箸を手にした。

「みんな、何ぼやっとしてんだ。早く食おうぜ」

一同は車座になって、賄を食べ始めた。ちはるも、どんぶり飯を頬張る。

甘じょっぱい鮪が口の中に広がった。生姜の効いた深い醤油の味が、きゅうっと舌に染みていく。鮪に絡みついたみりんの甘みに、白飯の甘みが覆いかぶさった。

我ながら、いい味つけだ——ちはるの胸に自己満足が込み上げてくる。

怜治がどんぶり飯をかっ込みながら「おっ」と声を上げた。

「うめえじゃねえか。これは慎介の味つけか？」

ちはるは口角を引き上げて、怜治を見た。

「あたしです」

「へえ」

怜治は大げさに目を見開いた。

「おまえの腕も、少しは上がったか」

ちはるは胸をそらした。

「まだまだ上げてみせますよ！」

慎介が小さな笑い声を漏らした。

その場の雰囲気が少しやわらぐ。

たまおが、ちはるに笑顔を向けた。

「ちはるちゃん、本当に美味しいわ」

「本当に美味しいです！　ちはるさん、やっぱりすごいわ！」

おえんの声が、たまおの声に覆いかぶさった。

「つらいことがあっても、こんな賄を毎日食べられるなら、わたくし頑張れそうです。美味しいお料理って、人を元気にする力があるんですね」

「はあ……ありがとうございます」

ちはるはちらりと、たまおを見た。笑顔は消えて、むっと唇を引き結んでいる。

おえんも気を遣《つか》い、もっと場をなごやかにしようとして声を上げたのかもしれないが、間が悪かった。

「おい、過分な褒め言葉に乗せられるんじゃねえぞ」

怜治が空になったどんぶりを置いて、ちはるを見た。

「昨夜も言ったが、まずは基本だ」

「わかってます」

ちはるは気を引きしめる。背筋を伸ばして、怜治の目をじっと見つめ返した。

「慎介さんにみっちり仕込んでもらって、一人前の料理人を目指します」

怜治は満足そうに口角を引き上げた。

「上等だぜ」

怜治は、たまおに目を移す。

「おまえは大丈夫か？」

たまおが目を瞬かせた。

「怜さま、それはどういう――」

「お茶のお代わりを淹《い》れてきましょうか？」

おえんの声が再び、たまおの声にかぶさった。怜治が顔をしかめる。

「茶なら、たまおが淹れる」

おえんは傷ついたような表情で唇を引き結んだ。

「わたくしでは駄目ですか？」

「おれは美味い茶が飲みてえんだ」

怜治は即答した。

「茶なら、たまおが一番だぜ」

ちはるは思わず、大きくうなずいた。

料理であれば負けないが、茶だけはたまおに敵わない。

かつて、たまおは水茶屋で数多くの茶を淹れてきた。料理屋では料理が主役だが、水茶屋では茶が主役だ。美しい看板娘で客を呼ぶ水茶屋ももちろんあるが、茶が不味《まず》ければ、客足もそう伸びはしないだろう。

たまおが働いていた水茶屋は賑わっていた。神田明神《みょうじん》の近くにあったので、参拝客たちも多かったのだろうが、老若男女で長床几《しょうぎ》が埋まっている様子からは連日の繁盛ぶりが窺えた。

たまおが淹れる茶は美味い。それは、まぎれもない事実だ。

「わたし、お茶を淹れてきます」

たまおの凜とした声が入れ込み座敷に響いた。

すっくと立ち上がり、調理場へ向かうたまおの表情は晴れやかだ。先ほどまでの強張りはどこにも見当たらない。

ちはるは、ほっと安堵の息をついた。

昼の賄を食べ終え、井戸端で洗い物をしていると、おえんがやってきた。

風はゆるいが、外の寒さが身に染みるのか、ぎゅっと首をすくめて体を抱きしめるように両腕を組んでいる。

「大変ですねえ」

おえんは腕を組んだまま、ちはるのそばにしゃがみ込んだ。

「水仕事はつらくないですか？」

「慣れてますから」

ちはるは手を動かしながら即答した。

「あたしの実家は料理屋で、あたしも父親と一緒に店の台所に入っていたんです。もちろん洗い物も、しょっちゅうやっていました」

藁《わら》で作ったたわしに竈《かまど》の灰をつけて、どんぶりをこすっていく。その手元を、おえんがじっと見つめている。

「料理屋と旅籠では、同じ台所働きでも勝手が違いませんか？　いろいろと苦労することも多いでしょう」

「ええ、まあ——何だかんだと、親の下で甘えられていましたしね。だけど、慎介さんに料理を教えてもらえることになって、本当によかったです」

おえんは感心したように「ふうん」と声を上げた。

「ちはるさんは、朝日屋に来て、すぐに馴染《なじ》めましたか？　人との関わりは、つらくありませんか？」

ちはるは思わず手を止めて、おえんを見た。

「それは、たまおさんのことですか？」

問いに問いで返すと、おえんは困ったような表情で首をかしげた。

「あの人と上手くやっていけるか、自信がありません」

おえんは腕組みを解くと、胸の前で両手を握り合わせた。冷えた手を温めるように、はあっと大きなため息をつく。

「わたくしがお客さまに色目を使ったと思っているようです。ずいぶん客に馴れ馴れしいと、ものすごい剣幕で叱られました。新参者のわたくしが、朝のお見送りでお客さまに優しく声をかけていただいたのが、面白くなかったようです」

「まさか、そんな」

おえんは微苦笑を浮かべて、ちはるをじっと見つめた。

「あの人の態度がきついのは、やっぱり、わたくしに対してだけでしょうか」

おえんは悲しげに目を伏せた。

「会ったばかりのわたくしの言葉など、ちはるさんには信じてもらえないでしょうが……」

「ちょっと待ってください」

ちはるはどんぶりを置いて、素早く手を洗った。真正面から、おえんの顔を覗き込む。

「何か、誤解があるんじゃありませんか。たまおさんは、女中仲間に嫉妬するような人じゃありませんよ。おえんさんが今までいたところの人たちとは違います」

「そうでしょうか」

おえんは目を潤ませた。

「だけど、あの人、ちはるさんのことも悪く言っていたんですよ」

「えっ――？」

おえんは立ち上がると、乱れた着物の裾を直した。

「女が一流の料理人になんて、なれるはずがない――そのうち壁にぶつかって、逃げ出すに決まってる――そう言っていました」

ちはるは言葉を失った。

おえんは哀れむような目で、しゃがんだままのちはるを見下ろす。

「一生懸命、頑張っているのに、ひどいですよねえ。女の身で調理場に入って、板長と並んで包丁を握るだなんて生意気だと、そう言っていました。たいした腕もないくせに、得意になっていると――」

ちはるの頭が一瞬真っ白になった。

「嘘でしょう？」

おえんは井戸のふちに手をついて、空を仰いだ。

「わたくしも自分の耳を疑いました。たまおさんは本当にひどい人です。裏表があり過ぎますよ」

おえんはため息をついて、ちはるに目を戻した。

「わたくしは、ちはるさんが必ず立派な料理人になると信じておりますけれど――」

おえんは再び大きく息をついた。その口から出た白い息が宙を舞う。

先ほどまで気にならなかった寒さが急に、ちはるの体に巻きついてきた。

ちはるはぶるりと身を震わせて、冷気を追い払うように立ち上がる。

「どう思っているのか、たまおさんに聞いてきます」

おえんが目を見開いた。

「やめてください、そんな――わたくしが告げ口をしたと、ますます怒らせてしまいます」

「だけど、誤解があるなら解かなくちゃ」

おえんは首をかしげる。

「誤解――？」

ちはるはうなずいた。

「あたしの知っているたまおさんは、やっぱりどう考えても、陰でそんなことを言う人じゃないんです。言いたいことがあれば、きっと直接あたしに言いますよ」

「でも――」

「ちはるちゃん」

なおも言い募ろうとしたおえんの声に、たまおの声がかぶさった。

振り向くと、たまおが勝手口に立っている。

「慎介さんが呼んでいるわ。献立《こんだて》について、話があるんですって。入れ込み座敷で待っているから」

「はい、わかりました。すぐに洗い物を終わらせます」

「あら、まだ終わっていないの？」

たまおが井戸端に向かってきた。

おえんはすがるような目で、ちはるを見る。小さく首を横に振って、たまおに何も言わないでくれと無言で訴えていた。

たまおはおえんを無視して、井戸端にしゃがみ込んだ。

「ちはるちゃん、早く行きなさい。洗い物は、わたしがやっておくから」

「でも――」

「いいから早く」

有無を言わさぬ口調だ。

「兵衛さんもいらしているの。他にも急ぎの用事があるかもしれないわ。とにかく話を聞いていらっしゃい」

「はい」

洗い物の残りをたまおに任せて、ちはるは勝手口へ向かった。

たまおとおえんを二人きりにしておくのが心配で、戸口から振り返ると、二人は互いにそっぽを向いていた。

あとで、たまおと話をしようと思いながら、ちはるは慎介のもとへ急いだ。

入れ込み座敷では、慎介、怜治、兵衛の三人が茶を飲みながら待っていた。

「遅くなって、すみません」

慎介に促され、三人の前に座る。

「献立についてお話があると伺いましたが――」

慎介がうなずいた。

「今日の夕膳は、食後の菓子に小蜜芋を出すつもりだが――手土産用の注文も入ったんだ」

ちはると慎介が考えて作った「小蜜芋」は、食後の菓子としてだけではなく、いずれ手土産として売り出してもいいのではないかという案が出ていた。

しかし人手が足りず、手土産の売り込みまではとても手が回らないので、追い追い考えようという話になっていたのだ。

基本は、朝日屋の食事処に来た客だけにしか売らず、一日いくつまでと数に決まりを作ろうかと相談していたのだが——。

「今回は、わたしの知人からの頼みでね」

兵衛が湯呑茶碗を置いて、ちはるに向き直った。

「昔、世話になった恩人と一緒に、今夜、朝日屋へ食べにくると言っているんだけど、帰りに小蜜芋の土産がどうしても欲しいと泣きつかれてしまってねえ。恩人の奥方が、朝日屋の評判を聞きつけて、朝日屋の料理を一度食べてみたいとおっしゃっているらしいんだよ」

ちはるの胸が弾んだ。

朝日屋の評判を聞きつけて、食べてみたいと言ってくれている女人がいるなんて、嬉しいではないか。

「だけど、女の客ということで目立っても嫌だし、それより何より、お年を召したお姑さんを置いて嫁が出歩くなんて、申し訳ないとお考えのようでね」

確かに、朝日屋の食事処へやってくる客は男ばかりだ。旅の女ならともかく、わざわざ夜に出かけて、外で飯を食べる町女はそうそういないだろう。

そもそも小蜜芋だって「焼き芋を買いにいくのが恥ずかしいお嬢さんにも、焼き芋を食べて欲しい」という思いから作り出した菓子だ。今回のように、食事処へ行くのがはばかられるという女人にも食べてもらえたら嬉しいと、ちはるは思った。

「実は、もうひとつ頼みがあってね」

兵衛の声に、ちはるは顔を上げた。

「小蜜芋の包みの中に、そのお姑さんの健康を祈願したお守りを入れて渡して欲しいと言うんだよ。食事処へ来た時に、さりげなく綾人かたまおに渡しておくから、小蜜芋の包みに忍ばせておいてくれってさ」

怜治が、ふふんと笑う。

「大事な恩人をうちに連れてくるなんざ、兵衛の知り合いも、ずいぶん見込みがあるじゃねえか」

兵衛は得意げに、どんと胸を叩いた。

「あちこちで、わたしが朝日屋の宣伝をしているからねえ」

怜治は大げさなそぶりで首をかしげる。

「うちが突然繁盛し出したのは、伝蔵と白花の宣伝が効いたのかと思っていたぜ」

兵衛は、むっと唇を尖らせた。

「そりゃあ、泊まり客がぐっと増えたのは、あの二人のおかげだろうけどさ。わたしだって――」

「わかってるさ」

兵衛の肩をぐっとつかんで、怜治は口角を引き上げた。

「朝日屋の土台を作ったのは兵衛だ。おまえがいなけりゃ、朝日屋はなかった」

慎介がしみじみとした顔で何度もうなずく。

「それは間違いねえ。兵衛さんがいなけりゃ、おれは料理人を続けていられなかった」

怜治と慎介が、じっと兵衛を見つめた。兵衛の頬がうっすらと朱に染まる。

「なっ、何だい――二人とも、そんな真顔で――」

照れ隠しのように、兵衛は顔の前で手を振った。

「この寒い中、変な汗をかいちまうじゃないか。まったく。特に怜治さん、あんたに殊勝な顔をされると、空から槍でも降ってくるんじゃないかと思っちまうよ」

怜治は眉間に深いしわを寄せた。

「何だと、こら。せっかく人が素直に謝意を述べたってのによぉ」

兵衛は肩をすくめる。

「慣れないことをするからさ」

兵衛の言葉に、慎介が思案顔になった。

「慣れないことといやぁ、手土産用の小蜜芋を包む時には、気をつけなきゃならねえな。ちゃんとお守りを入れたか、必ず確かめておかなきゃならねえ」

兵衛は拝むように両手を合わせた。

「渡す時には『大島屋《おおしまや》安太郎《やすたろう》さんからです』と伝えておくれ」

慎介が首をかしげた。

「送り主の名も、紙に書いて入れておいたほうがいいかな」

「いや、さりげなく渡してくれればいいんだと言っていたから、不要だと思うよ。お守りをそっと忍ばせるのは、恩人への義理とかではなくて、あくまでも安太郎さんの気持ちなんだってさ」

兵衛は柔らかな笑みを浮かべた。

「話を聞く限り、とても仲のいい嫁姑なんだよ。衰えて、寝込むことが多くなってきたお姑さんを、奥方がよく気遣って、お姑さん好みの味つけで料理を作って――そんな奥方に、お姑さんは毎日『最高の嫁だ』と言って、感謝しているらしいんだ」

ちはるの胸の中が、じんわりと温かくなった。

「仲睦《なかむつ》まじい嫁姑の話を聞いて、安太郎さんは、もう何年も前に亡くなった自分の母親を思い出したんだってさ。遠く離れて暮らして、母親の世話は兄夫婦に任せっきりにしていたから、自分は何もしなかったと悔いていてね。話に聞いた、そのお姑さんには、うんと長生きして欲しいという気持ちが湧いて――思わず、お守りを買ってしまったそうだよ」

兵衛は居住まいを正して、慎介を見た。

「安太郎さんがここへ連れてくる恩人っていうのは、昔、仕事が上手くいかなかった時に、よく飯を食わせてくれて、励ましてくれた人なんだそうだ」

兵衛も昔は、よく慎介に無料《ただ》で食べさせてもらったと言っていた。

その頃を思い返しているように、慎介は微笑みながら床に目を落とした。

兵衛も笑みを浮かべて、慎介と同じ場所を見つめた。

「この朝日屋で、久しぶりに会うそうだから、美味い料理でもてなしてやっておくれよ」

慎介は顔を上げて、背筋を伸ばし、口調を改めた。

「承知いたしました。それではお見送りの時に、大島屋さんのお名前だけお伝えしてお渡しするよう、たまおに伝えておきます」

兵衛は慎介と目を合わせ、満足げにうなずいた。

慎介が、ちはるに向き直る。

「小蜜芋の用意を頼むぞ」

ちはるは背筋を伸ばした。

「はい」

仲睦まじい嫁姑の話に、自分の母親を思い出したという安太郎の気持ちは、ちはるにもわかるような気がした。

ちはるは「衰えて、寝込むことが多くなってきたお姑さん」という言葉を聞いた時に、心労が重なって弱り、失意の底で臥《ふ》せってしまった自分の両親の姿を思い出していた。

親孝行な優しい奥方と、そのお姑さんにも、ぜひ小蜜芋を楽しんでもらいたい――ちはるは心から、そう思った。

日が暮れて、綾人が掛行燈《かけあんどん》に火を灯した。朝日屋の食事処が開く合図だ。
外で待っていた馴染み客たちが「待ってました！」と声を上げ、笑顔で入ってくる。その中に、大島屋安太郎と名乗る客もいた。

「さあ、善右衛門《ぜんえもん》さん」

席まで案内しようとする綾人のほうへ、安太郎は恩人を促した。

綾人はにっこり艶やかな笑みを浮かべながら、舞うような仕草で奥の席を手で指し示す。

「お客さま、あちらへどうぞ」

善右衛門がうなずいて、先導する綾人のあとに続いた。

たまおが、すっと安太郎に近づく。安太郎は先に行く善右衛門の背中をちらちらと見ながら、たまおに小さな白い包みを渡した。おそらく半紙でお守りを包んであるのだろう。たまおは両手でしっかと受け取って、素早く懐の中にしまった。

安太郎が、ほっと安堵の息をつく。たまおは一礼すると、まっすぐ調理場へ向かってきた。安太郎は、先に座っていた善右衛門の向かいに腰を下ろしている。

たまおは調理場に入ると、すぐに懐からお守りの包みを取り出した。

用意しておいた小蜜芋の箱の上にお守りを置き、丁寧に風呂敷で包んでいく。

間違いがないよう、ちはると慎介もしっかりと見ていた。

包み終えた風呂敷の結び目にそっと指を当て、たまおは優しく微笑んだ。

「大島屋さんとお連れさまがお帰りになる時、取りに来ますので、それまでは調理場でお願いします」

慎介がうなずいた。

「汚しちゃならねえから、後ろの棚に置いといてくれ」

「はい」

慎介に指示された場所へ包みを置くと、たまおは入れ込み座敷へ戻っていった。

ちはると慎介も料理に戻る。

本日の膳は、烏賊の刺身、数の子と小松菜のあえ物、小鯛の塩焼き、煮物、白飯、しじみの味噌汁である。食後の菓子は小蜜芋だ。

「お運びいたします」

「お願いします」

安太郎と善右衛門のもとへ、たまおとおえんが膳と酒を運んでいった。

調理場からそっと様子を窺うと、膳を前にした二人は目を輝かせて顔を見合わせ、互いの杯に酒を注ぎ合った。その表情はとても嬉しそうで、久しぶりに会った相手への思いを杯に満たしているように見えた。

楽しそうに話をしながら料理に箸をつける二人の笑顔を見ていると、ちはるの口元もほころんだ。

再会の膳をじっくり味わってほしいと思いながら、次の客のための膳を用意していく。

烏賊の刺身には煎《い》り酒《ざけ》を添えて——数の子と小松菜のあえ物には、ふんわりと鰹節《かつおぶし》を載せ——煮物に入っている人参、大根、牛蒡、干し椎茸、厚揚げは見栄えよくよそって——。

次から次へと入ってくる客のために、ちはると慎介は料理を作り続けた。

「お運びいたします」

おえんが調理場へ入ってくる。にこやかな笑みを浮かべて、新しい膳を手にした。

「お願いします」

ちはるに向かってうなずくと、おえんはすぐに客席へ運んでいった。

しゃんと背筋を伸ばし、きびきびと動き回るその姿が美しい。常に笑みをたたえている表情は親しみやすく、見る者の心をなごやかにするだろう。

膳を運んでいった客に愛想よく声をかける姿は、まさに仲居の鑑《かがみ》に見えた。

たまおも笑顔で客のもとへ膳を運んでいる。

二人とも、さすがだ。

どんなに行き違いがあっても、客の前ではおくびにも出さない。

自分もしっかり仕事をしなければと、ちはるはまな板の上に気を集めた。

やがて夜が更けて、食事処もそろそろ終わりという時に、安太郎が調理場へ顔を向けた。

「ごちそうさまでした。兵衛さんが強く勧めるだけのことはある。本当に美味しかったですよ」

「ありがとうございます」

慎介が調理台の前に出て頭を下げた。ちはるも倣《なら》って礼をする。

安太郎は満足げな笑みを浮かべると、善右衛門とともに下足棚のほうへ向かっていった。

綾人が二人の草履を用意して待っている。

階段の下にいた怜治も下足棚へ向かった。善右衛門が草履を履いている間、安太郎と何やら話している。兵衛の伝手《つて》もあるので、今後も贔屓《ひいき》にしてくれと挨拶しているのだろう。

たまおが足早に調理場へ入ってきた。

「お土産の小蜜芋をお渡ししてきます」

「お願いします」

たまおは両手で風呂敷包みを持つと、下足棚の前へ急いだ。一礼して、善右衛門に差し出す。調理場までは声が聞こえないが、兵衛の指示通り「大島屋安太郎さんからです」と告げているはずだ。

善右衛門は驚いたように目を見開いて、渡された包みと安太郎の顔を交互に見た。安太郎が何事か告げている。善右衛門は破顔して、何度もうなずいた。

怜治、綾人、たまおの見送りを受けて、二人は帰っていく。

その後ろ姿を調理場から見送って、ちはるは思わず、ほうっと安堵の息をついた。

「あたしも慎介さんも、お守りを入れたところをちゃんと見ていましたし——これで、ひと安心ですね」

慎介が隣でうなずいた。

「大島屋さんの心遣いは、きっと相手に喜ばれる。その手伝いができたのは、ありがてえことだ」

「はい」

食事処を閉め、あと片づけをし、今日の仕事もいよいよ終わりという時になって、怜治がみなを入れ込み座敷に集めた。一同は車座になる。

「おえんの今後について申し渡すぜ」

期待と不安が入り混じったような表情で、おえんは一同の顔をぐるりと見回した。

怜治は腕組みをしながら、おえんの前に立つ。

「おまえは金輪際《こんりんざい》、朝日屋へ足を踏み入れるな」

その言葉に、ちはるはぎょっとした。

怜治なりに理由があって、おえんを雇わぬと決めたのだとしても「金輪際、朝日屋へ足を踏み入れるな」という言葉はきつ過ぎると、ちはるは思った。

綾人や慎介も同様の思いを抱いたようで、驚いたように、おえんと怜治を交互に見つめている。

おえんは傷ついた表情で、ふるふると唇を震わせた。

怜治は冷たい目で、じっとおえんを見下ろしている。

「なぜ——どうして、わたくしは駄目なのですか——」

おえんの目から涙が溢れた。

「一生懸命やったつもりですのに——」

怜治は、ふんと鼻を鳴らす。

「確かに一生懸命だったよなぁ」

怜治はしゃがみ込むと、おえんの左腕をつかんだ。

「きゃあっ」

おえんの悲鳴に構わず、怜治は袖の中に手を突っ込む。

「これは何だ?」

おえんの袖から引き抜いた怜治の手に握られていたのは、小蜜芋と一緒に包んだはずの守り袋だった。

ちはるは思わず「えっ」と声を上げた。

「何で、それが――それじゃ、善右衛門さんがお持ち帰りになった包みに、お守りは――」

「入ってねえよ」

怜治の言葉に、ちはるの頭の中は真っ白になった。

「いってえ、どういうことなんだ⁉」

慎介の怒り声が入れ込み座敷に響いた。ちはるは改めて、おえんの顔を見る。

おえんは、ふてくされたように唇を尖らせて、怜治の手を乱暴に振り払った。

「何で、わかったのよ」

怜治は得意げに口角を引き上げた。

「おれは元火盗改だぜ。お役目で、盗人たちの動きを見張ることも多かったんだ。おまえから目を離さねえことくらい、朝飯前さ」

おえんは、ちっと舌打ちをする。

「だから、何でよ⁉　一生懸命やってみせたのに！」

「そう、まさに『見せた』のさ」

怜治は入れ込み座敷の床を指差した。

「ここの掃除をさせた時、おまえは確かに懸命にやっていた。さりげなく綾人の目を気にしながらな」

綾人は胸に手を当て、怜治を見た。

「わたし――ですか？」

怜治は鷹揚《おうよう》にうなずいた。

「おえんは、女形の綾人をたいそう贔屓にしていたのさ。口入屋へ行って、おえんの人となりを聞いた時、綾人目当てで芝居を観にいったことがあると言っていたそうだぜ。『いつもよい席が取れず、遠くから見ているだけでしたので、朝日屋で一緒に働けるのは夢のようでございます』ってな」

昼の賄を食べる前、怜治はどこかへ出かけていたが、口入屋へ行っていたのかと、ちはるは思った。

そういえば、確かに、おえんは言っていた。

――元乙姫一座の綾人さま――以前お芝居を観にいったことがございましたもので――。

綾人も思い出したようで、おえんの思惑を探るように、その顔を凝視した。

「わたし目当てとは、いったい、どういうことですか。まさか、わたしがいるから、朝日屋へ来たんですか」

兵衛も言っていた。

――とにかく朝日屋で働きたがっているらしいんだよ――。

それは、すべて、綾人と会うためだけだったのか。

綾人の強い視線を受けて、おえんは恥じらったように身をくねらせた。

「綾人さまと一緒に、いずれ旅籠を切り盛りできるようになったら、嬉しいじゃありませんか」

綾人は啞然《あぜん》とした顔で、助けを求めるように怜治を見た。

「わたしと一緒に切り盛りって——何を言っているんですか？」

怜治は呆れ返ったように、ふんと鼻先で笑った。

「とんでもなく思い込みが激しい女らしいな。どうやら綾人と夫婦《めおと》になって、朝日屋を乗っ取る算段を思い巡らせていたようだぜ」

絶句する綾人に、おえんがにじり寄った。

「綾人さまは下足番などで終わるようなお方ではございません！　主として上に立ち、優雅なお振る舞いで奉公人たちに指図しているほうが、お似合いでございます」

怜治は後ろ頭をかきながら、おえんと綾人の間に割って入った。

「まったく勝手なこと抜かしやがる。旅籠の主も楽じゃねえんだがなぁ」

怜治は目を細めて、おえんの顔を覗き込んだ。

「おまえみたいなやつがまぎれ込まねえように、しっかり目を光らせてなきゃならねえしよぉ。ったく、よけいな仕事を増やしてくれやがったぜ」

怜治は神託を告げるように、おえんの顔の前にお守りをかざした。

「一緒に働く者の足を引っ張るだけじゃなく、客の心まで踏みにじりやがった。とにかく頭を下げて詫《わ》びろ。ここにいるみんなにも、大島屋にもよ」

「うるさい！」

おえんは顔の前で大きく手を払った。おえんの手が当たらぬよう、怜治はお守りをさっと引っ込めて懐にしまう。

おえんは頬を朱に染めて、ぎりりと怜治を睨みつけた。

「冗談じゃないわよ！　あたしの邪魔をするなんて、許さないわよ！」

まるで別人のような野太い声に、怜治は眉をひそめた。

「許さねえとは、こっちの台詞《せりふ》だ。大島屋からの依頼をぶち壊しただけじゃなく――たまおに何を言いやがった？」

ちはるはたまおに目を移した。たまおは固く唇を引き結んで、うつむいている。

「仕事の合間に、おえんが時々たまおの耳元で何かささやいているのを見たぜ。はたから見りゃ、新しい仲居が殊勝な顔で、仲居頭にわからないことを聞いているようにでも見えたかもしれねえがよ。おれの目には、とても仕事を教わっているようには見えなかったなぁ」

おえんは無言で肩をすくめた。

ちはるはたまおの隣に行って、その背中にそっと手を当てる。

「二階で怒鳴り合っている時も、そうですけど——ひょっとして、洗い物を代わってくれた時にも、井戸端で何か言われたんじゃありませんか？」

たまおの肩が小さく跳ねた。

「言われたんですね」

たまおの背中に手を当てたまま、ちはるはおえんを睨んだ。

「あんた、たまおさんに何を言ったのよ。たまおさんが自分にきつく当たるとか、あたしの陰口を叩いてたとか、あることないこと言って、あたしたちの間を引っかき回そうとしてたよね⁉」

「ああ、ばれちゃった」

おえんは悪びれない顔で、ぺろりと舌を出した。

「つまんないわぁ。今までは、ちょっと甘えて寄りかかれば、男なんてみぃんな、あたしをちやほやしてさ。全部、上手くいっていたのに」

おえんは憎々しげに怜治を睨みつけた。

「あんた、本当に嫌なやつね。あたしを近寄らせようともしなかった」

怜治は得意げに高笑いを飛ばす。

「女の趣味がいいもんでね」

おえんはすっくと立ち上がり、入れ込み座敷にぺっと唾《つば》を吐いた。

「こんなところ、こっちから願い下げよ！　誰が働いてやるもんか！」

どすどすと足音を立て、草履に足を突っ込むと、おえんは勢いよく表戸を引き開けた。

「おい、拭いていきやがれ！」

怜治の声を無視して、おえんは去っていく。ぴしゃりと乱暴に閉められた戸が大きな音を立てた。

「くそ女め」

いまいましげな怜治の声が入れ込み座敷に響いた。

慎介がため息をついて、懐紙を取り出す。

「ちはる、茶を淹れてきてくれ」

「あ――わたしが――」

立ち上がろうとするたまおの肩を、ちはるは押さえた。

「今日はあたしに任せてください」

慎介が床を拭きながらうなずいた。

「たまおは、ここで座ってろ」

ちはるは調理場へ入ると、手早く茶を淹れた。

「――で、おえんに何を言われたんだ？」

怜治が改めて、たまおに問うた。

入れ込み座敷に沈黙が落ちる。調理場では、ちはるが茶を淹れる小さな音だけが響いていた。

「人殺しだと……」

人数分の茶を盆に載せて運ぶちはるの耳に、たまおの悲痛な声が飛び込んできた。

「亭主が死んだのは、わたしのせいだと言われました」

ちはるは盆を持つ手に力を込めた。気を静めなければ、両手が大きく震えて、茶をこぼしてしまいそうだ。

たまおの亭主は辻斬りに殺されている。大喧嘩をした隣の夫婦のため、一肌脱いでやったらどうかとたまおに言われて出かけ、帰らぬ人になってしまったのである。

抑えきれない怒りを吐き出すように、慎介が唸った。

「そんなの、たまおのせいじゃねえ」

たまおは泣き出しそうな顔でうなずいた。

「おえんさんは、朝日屋のみんなもわたしを『人殺しだ』と言っていると――『早く辞めてほしい』と言っていると――そう言ってきたんです」

ちはるは愕然《がくぜん》として、たまおを見つめた。慎介と綾人も驚愕の表情で、たまおを見つめている。怜治だけが「やれやれ」と言いたげな表情で宙を眺めていた。

たまおは笑みを浮かべて一同を見回す。

「嘘だって、最初からちゃんとわかってました」

綾人は自分の体を抱きしめるように腕を組んで、ため息をついた。

「おえんさんは狂ってる——思い通りに人を動かそうとして、そんなひどい嘘をつくなんて——お守りだって——」

「自分の思い描いた絵が、すべて真になると思っていやがるのさ」

そんなやつは散々見てきたと言いたげな口調で、怜治は続けた。

「前の奉公先でも、きっと似たような真似をしていたんだろう。ちょいと見目がいいからと、ちやほやする男どもには愛想がよくて、自分の邪魔になるような、器量よしの女中仲間には意地が悪くてよ」

慎介が憮然とした面持ちを表口へ向けた。まるで、おえんがまだそこにいるかのように。

「そんなんじゃ、長続きするわけがねえ」

一同はうなずいた。

怜治がたまおを一瞥《いちべつ》した。

「おまえも、もっと早く言えよ。あんな性根の腐ったやつに、まともな客あしらいができるわけねえだろう。取り返しのつかねえ事態を引き起こされていたかもしれないんだぞ」

ちはるの胸が、どきりと跳ねた。恐る恐る、怜治の懐を指差す。

「もうすでに取り返しのつかない事態になっているんじゃありませんか⁉」

一同の目が怜治の胸元に集まった。

「おう、これか」

怜治は懐からお守りを取り出して、にやりと口角を引き上げた。

「我ながら、なかなかいい仕事をしたと思うぜ」

首をかしげる一同に向かって胸を張り、怜治は続けた。

「このお守りは、明日改めて、迎春花《げいしゅんか》とともに善右衛門宅へお届けするのよ。安太郎にも、ちゃあんと話はつけてあるぜ」

迎春花とは、黄梅《おうばい》のことである。梅に似た花で、早春に咲くので「迎春花」とも呼ばれる。

「烏賊の刺身を食っている時、善右衛門が残念そうに言ったのよ。『来年の梅見に、もう、おっかさんは連れていけないだろう』ってな」

その時、怜治はたまたま近くを通りかかって耳にしたのだという。

「烏賊の刺身をつけた煎り酒で、梅見を思い出したんだろう。母親が元気な頃は、毎年のように、亀戸《かめいど》天満宮の梅を見に連れていっていたそうだぜ」

煎り酒は、酒に鰹節と梅干、少量の溜醤油《たまりじょうゆ》を入れて煮詰め、漉《こ》した物である。梅干ではなく酢を使う場合もあるが、朝日屋では梅干を使っている。

「亀戸天満宮は梅の名所ですからねえ。……一緒に花見にいけなくなって、改めて、善右衛門さんは親の老いを噛みしめなすったんでしょう」

慎介の言葉に、怜治はうなずいた。

「そこでだ。花を見にいけねえんなら、花を届けてやればいいんじゃねえかと思ってな。朝日屋流によ」

みなの視線が怜治に集まる。怜治は得意げに胸を張った。

「飾り切りってやつで、花を作るのはどうだ」

ちはるは慎介と顔を見合わせた。

小田原から来た伝蔵のために、人参や南瓜《かぼちゃ》で紅葉の飾り切りを作ったことを思い出す。それから、以前、慎介が作った小蕪《こかぶ》のつぼみも――。

「大根がいいか――」

独り言つような慎介の声に、ちはるはうなずいた。

「何の花にしましょう？　やっぱり梅ですか？　老いたお母さまのためであれば、長寿を願う菊もいい気がしますけど――菊だと重陽《ちょうよう》の節句みたいで、今の時季に合わないですかねえ」

慎介がうなずいた。

「梅がいいだろう。梅見に連れていってやりたいという、善右衛門さんの気持ちにも添うしよ」

「ですが、出汁《だし》で煮ると、黄色くなってしまいますよね。紅白に染まるなら、梅らしいんですけど――」

「怜治さんが言った『迎春花』なら、黄色でも問題はねえ。だが――そうだな――」

慎介は唸りながら天井を仰いだ。

「大根で作った梅の花を、出汁と一緒にお届けして、あちらで煮ていただくとするか。善右衛門さんの奥方が、お姑さん好みの味つけで料理を作っていらっしゃるんだろう？　それなら、花を咲かす仕上げは、その奥方の手でお願いする――っていう趣向でもいいんじゃねえのか」

ちはるはうなずいた。

「朝日屋で作った白梅が、お客さまのお宅で黄梅に変わる――」

奥方の手で味を調えられた出汁が染み込んで、ほっくりやわらかく煮えた大根の梅花は、さぞ美味いことだろう。

怜治が柏手《かしわで》のように手を打ち鳴らした。

「よし、決まりだ。明日こそ、大島屋に託された心を届けるぜ」

「はい！」

奉公人一同の声が重なり合った。

「それからな」と、怜治がたまおに向き直る。

「また新たに仲居を募らなきゃならなくなったが、また何かあったら、今度こそすぐに言うんだぜ。みんな、朝日屋の仲間なんだからよ」

たまおは即座にうなずいた。

「わかりました」

怜治は一同の顔を見回した。

「おまえたちも、いいな？　一人で抱え込んでいたって、ろくなことにはならねえ。みんなで考えれば、たいていのことは大丈夫なんだからよ。五人――いや、兵衛を入れて六人いるんだ。何か事が起こっても、乗り越えるための知恵が、きっと何かしら出てくるだろう」

一同は大きくうなずく。怜治は満足そうに口角を引き上げた。

「おまえたちは、一人一人が、朝日屋の柱だ。いずれ、もっと太い大黒柱になるんだという、強い気構えを持て。大黒柱が五本も六本もありゃ、絶対に崩れねえんだからな」

ふと怜治は、ちはるの顔に視線を戻した。

「おまえは、まず、柱を目指すところから始めろ」

ちはるは、むっと唇を尖らせる。

「何で、あたしだけ、そこからなんですか⁉」

怜治は、かかかと声を上げて笑った。

「育つのに、おまえが一番時がかかるってえのは、誰の目にも明らかじゃねえか。『桃栗三年、柿八年、柚子《ゆず》は遅くて十三年、梅は酸い酸い十八年』とはよく言うが、この中じゃ、おまえは、実の生《な》るまでの間が最も長い梅だろうよ」

ちはるは口をつぐんだ。

確かに、「桃や栗のように三年で実ります」と言い切る自信などない。

まだ料理の道の入口に立ったばかりなのだ。慎介の域まで、一朝一夕に辿り着けるはずがない。いったい、どれだけの年月がかかるのだろう――。

「梅は花を咲かせるのみならず、実も大いに役立つが、おまえはどうかなぁ」

ちはるは勢いよく、ぐっと両手の拳を握った。

「絶対に役立ってみせますよ！　立派な梅干になります！」

怜治が、ぷっと吹き出した。

「梅干にまでなるのかよ。どれだけ寝かせておけばいいんだ」

慎介も笑った。

「おれの目が黒いうちには、一人前になってくれよ？」

たまおと綾人も笑う。

一人だけ怒り続けているのが馬鹿《ばか》らしくなってきて、仕方なく、ちはるも苦笑いを浮かべた。

翌朝、ちはるは慎介とともに大根で梅の花を作った。

まず、大根を厚さ一寸（約三センチメートル）に満たないほどの輪切りにする。

「梅の花は、花びらが五枚だからよ。輪切りにした大根を、五角形に切って――それから、こんなふうに切り込みを入れてよ――」

慎介の手が、すっすっと動いていく。あっという間に、五枚の花びらができ上がった。

「――で、花びらと花びらの間から、花の真ん中に向かって切り込みを入れる。この切り込みに向かってまた包丁を入れ、ちょいと花びらを削ぎ取ってやれば――」

真っ平だった梅の花びらに、膨らみが生まれた。

「綺麗……」

ちはるは、ほうっと息をついた。

まな板の上に置かれたのは、まさに白梅――大きく花びらを開いて咲き誇り、今にも甘い花の香りが漂ってきそうだった。ひと足早く、調理場に春が来たような心地になる。

「次は、おめえがやってみな」

「はい」

ちはるは包丁と大根を手にした。

慎介が作った梅の花をじっと見て、慎介と同じように手を動かそうとしたが、動かせない。包丁の刃を大根に当てたまま、固まってしまった。

以前、小蕪のつぼみを作った時のことが頭の中によみがえった。

慎介が作った小蕪のつぼみからは、目の前にある梅の花と同様に、植物の生気が放たれていた。それに対して、ちはるが作った小蕪のつぼみは、ただの青物の塊になってしまったのだ。

「どうした？　紅葉の飾り切りだって、できたんだ。梅もできるはずだぜ」

ちはるはうなずいた。

だが、相変わらず手が動かせない。

ちはるは包丁と大根をまな板の上に置いた。

大きく息をついて、慎介を見上げる。

「上手くやらなきゃという気持ちが強く出てしまって、大根に包丁を入れるのが怖くなってしまいました」

ちはるは観念して、正直に告げた。

「善右衛門さんのお母さまと奥さまに、大根の梅を楽しんでいただきたい気持ちは、本当にあるんです。だけど、慎介さんみたいに綺麗な花を作らなきゃと思うと――あたしにできるかなって、不安になってしまって――」

慎介は微苦笑を浮かべた。

「花は、上手く咲こうなんて考えねえ」

ちはるは、はっと目を見開いた。

自分が善右衛門の家族に届けようとしているものは、いったい何だ——？

慎介がうなずく。

「梅の花だけを頭に思い描け」

ちはるは天井を仰いだ。

青空の下に咲く白梅をまぶたの裏に思い描いてみる。

——来年の梅見に、もう、おっかさんは連れていけないだろう——。

残念そうに言っていたという善右衛門の言葉が、ちはるの頭の中によみがえった。

と同時に、怜治の声が耳の奥でこだまする。

——花を見にいけねえんなら、花を届けてやればいいんじゃねえかと思ってな。朝日屋流によ——。

ちはるは拳を握り固めた。

朝日屋の膳は、四菜で、幸せの膳——。

膳とは形を変えても、変えてはいけないものがあるじゃないか。

お客さまに、幸せを届ける。

老いて寝込むことが多くなってきたお姑さんと、お姑さんを気遣って外出を控えている奥方に、美味しい楽しみをお届けする。

それが朝日屋流じゃないのか。

ちはるは頭の中に思い浮かべた白梅に気を集めた。

再び包丁と大根を手にする。

慎介が作った梅の花ではなく、頭の中に咲かせた梅の花の形を、大根の上に包丁でなぞっていく。

ちはるは完成した梅の花を、まな板の上に置いた。慎介が覗き込む。

「上出来だ」

ちはるはうなずいた。

作っている間は、ただ夢中――お客さまのためにという真心だけが、体から溢れ出ていたように思えた。

「来年の春、暖かくなったら、善右衛門さんのお母さまも外で花を見られるといいですねえ。梅見が叶わなくても、お庭のたんぽぽでも、何でも――」

「そうだな」

まな板の上の梅を見ながら、慎介が目を細める。

「今度は、たんぽぽのお浸しをお届けしてもいいな。だが、今は信じよう。善右衛門さんのお母さまは、きっと元気になって、また外に出られるようになるさ」

「はい」

ちはるの頭の中に、ふと怜治の言葉がよみがえった。

――また何かあったら、今度こそすぐに言うんだぜ。みんな、朝日屋の仲間なんだから
よ――みんなで考えれば、たいていのことは大丈夫なんだ――。

「わかりました」と即答した、たまおを思い出すと、胸が温かくなる。春の日だまりの中
に、すっぽり包み込まれたような心地だ。

いつの間にか、自分も、信じられる居場所を見つけた。

それは、まるで「家」のような――。

あたしも朝日屋の立派な柱になるんだと、ちはるは強く思った。

ちはるが差し出した風呂敷包みを大事そうに受け取って、たまおは微笑んだ。

「では、お届けしてきます」

「お願いします」

たまおは笑みを深めて、大きくうなずいた。

勝手口から出ていく後ろ姿が見えなくなるまで、ちはるは調理場から見送っていた。

冬晴れの空は青く澄み渡っている。

まだ早いとわかっていても、どこかで早咲きの梅がそっとつぼみを開いているような気がした。

第二話　新しい仲間

「さっきから、何度同じことを言わせりゃあ気が済むんだ！」

朝日屋に怒声が響き渡った。

入れ込み座敷が、しんと静まり返る。食事処に来ているすべての客が一瞬ぴたりと動きを止めたようだった。

ちはるも思わず、鰤《ぶり》と大根の煮つけをよそっていた手を止めてしまった。

「おれは、ずっと待っているんだよ！　周りの客の酒はどんどん運ばれてくるのに、何で、おれの分だけ、いつまで経っても出てこねえんだ⁉」

怒っているのは、入れ込み座敷のほぼ真ん中に座っている男だ。

男の前に立っているのは、おしのである。兵衛の伝手で、今日から手伝いに入ってもらった近所のかみさんだ。来年で二十五になると聞いた。

たまおは二階の泊まり客へ膳を運んでいった。綾人は帰っていく客に草履を出しているところだ。怜治も宿帳を書くために二階の客室を訪れているはずだった。

おしのは今、一人で客に向かい合わねばならない。

からりと音を立てて、男が膳の上に箸を置いた。

「酒をちびりと舐めながら料理を食いたいと思っていたのに——この鰤と大根だって、すっかり冷めちまったじゃねえか」

ちはるは手にしていた器に目を落とした。

よそったばかりの煮つけからは、ほかほかと湯気が上がっている。

熱い物は、やはり熱いうちに食べてもらいたい——この煮つけと、冷めてしまった煮つけを、取り替えたらどうだろうか——。

隣にいる慎介の顔を見ると、無言で首を横に振られた。

ちはるは入れ込み座敷へ目を戻す。

大勢の客が、事のなりゆきを気にしている様子だ。たいていの者は、男の怒りの収まり具合を案じているような顔をしているが——もし「料理が冷めてしまったから、おれの分も取り替えろ」と言ってくる者が次々に出てきたら——。

冷めた料理を運んでいったわけではない。料理は客のもとで冷めてしまったのだ。それならば、やはり安易に取り替えることはできないと、ちはるは思い直した。

「何だ、その顔は!」

再び男の怒声が響き渡った。

「何で、そっちが、むっとした顔をしているんだよ!　怒っているのは、こっちだぜ!

ずいぶん前に注文した酒がまだこないんだからなっ」

おしのは手にしていた盆を胸の前に抱えた。

「申し訳ございません――」

蚊の鳴くような声が聞こえた。それも次第に尻すぼみになり、かろうじて聞き取れた「申し訳ございません」のあとは、何という言葉を続けたのか、ちはるの耳には届かなかった。

「はあっ⁉　何を言ってんだかわかんねえよ！　もごもご、もごもご、ただ口を動かしているだけじゃねえか。それが人に詫びる態度か！」

おしのは泣き出しそうな顔で、口を「へ」の字に曲げた。

それを不満顔と取ったのか、男はますます声高になる。

「さっきから、そうやって見下ろしてくるのも気に食わねえんだ。客に対して、ずいぶん偉そうじゃねえかよ」

おしのは盆を抱えたまま首を横に振り、その場にぺたりと座り込んだ。

「申し訳――」

おしのなりに大きな声を出そうとしたようだが、今度は言葉が続かない。

男が片膝を立てて、おしのに詰め寄る。

「だから聞こえねえって言ってんだよ！　おれとまともに話す気はねえってのか⁉」

慎介が調理場を飛び出した。

「お客さま、申し訳ございません」

と言いながら、慎介は男の前に居住まいを正した。

「このたびは、うちの者が粗相をいたしまして、本当に申し訳ございませんでした」

深々と頭を下げる慎介に、男は向き直った。

「あんたが、ここの板長か」

「さようでございます」

慎介は顔を上げて、まっすぐに男を見つめた。

「この者は、本日入ったばかりでございまして――」

「そいつは、おれには関係ねえな」

さえぎった男に向かって、慎介は再び頭を下げた。

「申し訳ございません。おっしゃる通りでございます」

男は腕組みをして、ふんと荒く鼻息を飛ばした。

「おれだって、最初から怒っていたわけじゃねえんだ。その姉さんには、何度も声をかけたんだぜ。そのたんびに『はい、ただ今』『少々お待ちください』って、こっちを見向きもせずによぉ。しかも、小さい声でごにょごにょしゃべるから、何言ってんだかよくわからねえんだ。おれに対して『うるせえ客だ』と文句を言ってるのかとも思ったぜ」

慎介は頭を下げっ放しだ。

「ご不快な思いをさせてしまい、本当に申し訳ございませんでした」

慎介がちらりと、おしのを見る。おしのは泣くのをこらえているように唇を引き結んで、床の一点をじっと見つめていた。慎介が目で謝るよう促しているのに、気づく余裕はまったくなさそうだ。

「だいたいよ、何言ってんだかわからねえような者に、客商売が務まるとは思えねえぜ。ここで働かせるのは無理があるんじゃねえのか」

男の言葉に、とうとう、おしのが泣き出した。盆をぎゅっと抱きしめて、顔を伏せてしまう。

周囲の客たちは、おしのを哀れむ表情になったり、まるで自分が説教をされているような表情になったりしている。どちらにしても、ひどく居心地が悪そうだ。

食べ終えた者から立ち上がり、そそくさと帰っていく。

「どんなに料理が美味くても、運んでくる者の態度が悪ければ、台無しだ。じっくり味わおうって気が失せちまうぜ」

男は座り直して、泣き続けているおしのと慎介を交互に見やった。

「人手が足りていねえのは見てりゃわかるが、それにしたって、その姉さんはひどい。客商売は向いていないと、はっきり言ってやったほうが、本人のためじゃねえのかい」

入れ込み座敷から、どんどん客が減っていく。まるで波が引くように帰っていき、不満を述べる男の他は、一人の老爺《ろうや》を残すのみとなった。

商家の隠居風といった白髪の老爺は、入れ込み座敷の隅でのんびりと茶を飲んでいる。ひょっとして、耳が遠くて、男の怒り声があまり聞こえていないのだろうか。

「朝日屋は料理が美味いという評判を聞いて来てみたんだが、酒ひとつ出すのに、膳が運ばれてから四半時（約三十分）も待たされたんじゃあ――」

「そいつは申し訳ございませんでした」

怜治の声が入れ込み座敷に響いた。足早に階段を下りてきて、男の前に居住まいを正す。怜治と慎介の間に、おしのを挟む形になった。

怜治は床に手をついて、男の顔をじっと見た。

「酒を飲みながら楽しく夕食を食べるはずだったのに、酒がねえんじゃ、楽しみも半分以下――いや、『酒はまだか』と、いらいらしちまうから、楽しみもへったくれもなくなっちまう」

男は、しげしげと怜治を見つめ返した。

「あんたは？」

「朝日屋の主、怜治と申します。お客さまの名を伺っても？」

「おれは辰三《たつぞう》という者だ」

「辰三さん──不快な思いをさせて、本当に申し訳なかった」

怜治は一礼すると、背筋を伸ばした。凛とした表情で、真正面から静かに辰三を見すえる。軽口を交わしているいつもの怜治とは、まるで違う顔だ。

武士みたい──と思って、ちはるは、はっとした。

怜治はまぎれもなく武士だったのだ。

出会った時から町人姿で、伝法《でんぼう》な物言いだったので、ちはるの頭から抜けていることも多いが──以前は、火盗改の同心《どうしん》だった男なのだ。

ちはるは火盗改を悪く思っていた。両親が死んだのは、久馬に店を乗っ取られたせいだが、事の真偽を調べていた火盗改が乱暴な聞き込みをしたせいで、両親はさらに追い詰められて弱ったと思っていた。両親を責める火盗改たちの怒鳴り声や、店の皿が割られる音などを、ちはるは忘れていない。

だから火盗改だった怜治のことも、最初は信用していなかった。父が頼りにしていた「工藤《くどう》さま」は、いざ頼りたい時に行方《ゆくえ》がわからず、頼れなかったのだ。裏切られたような思いさえ抱いていた。

借金取りから救ってくれて、朝日屋で働くようになって、怜治に対するちはるの気持ちもだいぶ変わったが──。

怜治の居住まいに、武士だった頃の片鱗を見ると、複雑な思いが胸に広がった。

時は戻らない。

それでも、ちはるは思ってしまう。

火盗改の工藤怜治として出会っていたら、いったい、どうなっていただろう。

「何かあったら工藤さまを頼る」と言っていた父の思いは、報われただろうか。両親の窮地を知った怜治は、二人が生きている間に、無実の罪を晴らしてくれただろうか。

少なくとも、仲間である火盗改の横暴な振る舞いは止めて欲しかった――。

「過ぎちまったことは仕方ねえ」

辰三の言葉で、ちはるは我に返った。

入れ込み座敷では、怜治と辰三が膝を突き合わせている。怜治の隣には、おしの。おしのの隣には、慎介が居住まいを正していた。

辰三は顎をしゃくって、おしのを指した。

「だが、この姉さんはまずいぜ。さっき板長にも言ったんだが、客商売は無理だ。辞めさせたほうがいいぜ」

「いや、辞めさせるつもりはねえよ」

怜治はきっぱりと言い切った。

「これからも、うちで働いてもらいたいと思っている」

辰三が「何っ」と気色《けしき》ばんだ。怜治は、にやりと口角を引き上げる。

「おしのは、いい仲居になると思うがなぁ」

　辰三は顔をしかめて、おしのと怜治を交互に見た。おしのは唖然とした面持ちで、ぽかんと怜治を見つめている。辰三は大きく頭を振った。

「どう見ても、無理だと思うがなぁ。この姉さんに、客あしらいは絶対に無理だぜ」

「そいつはどうかな」

　自信満々の怜治に、辰三は首をかしげた。

「何を根拠に、そんな――」

「勘さ」

　辰三は顔をしかめた。

「勘で商売ができるかってんだ」

　怜治は、すっと目を細める。

「何言ってんだ、どんな商売でも勘どころが大事だろう。ぐだぐだしていると商機を逃しちまうってことが、おまえさんにはわからねえのかい」

　辰三は思案顔になって口をつぐんだ。

「おまえさん、仕事は何をしていなさる？」

「眼鏡売りさ」

「今日は絶対に売れるって時と、今日は絶対に売れないって時が、最初からわかる時もあるだろう?」

辰三はうなずいた。

「それじゃ、この姉さんがいい仲居になるかならねえかも、旦那《だんな》には最初からわかるってえのかい」

「まあな」

怜治は土間の隅に顔を向けた。

二階から下りてきて、綾人とともに入れ込み座敷の様子を窺っていた、たまおが立っている。

「辰三さんに、新しい膳を持ってきな」

「かしこまりました」

辰三は慌てたように、怜治の前に右手をかざした。

「いらねえよ」

「そう言わずに、食べてくんな。お代の心配はいらねえよ」

「おれは別に、無料《ただ》で新しい物を食わせろと、言いがかりをつけたつもりじゃねえんだ」

「わかってるさ。このままじゃ、こっちの気が済まねえんだ」

怜治は改めて床に手をつき、辰三の目をじっと見た。

「気に入らねえことがあっても、たいていの客は黙って帰っていくだろう。だが、それは怖いことでもあるんだ。怒りを抱えたまま去っていった客は、もう二度と来てはくれないだろう」

慎介が黙ってうなずいた。怜治は続ける。

「店の中で揉め事が起これば、そりゃあ嫌な気分になったりもするさ。だが、何も言われなければ、こっちは自分たちの至らぬ点に気づかぬまま、また同じことをくり返しちまうんだ。そうして客を失っていくのさ。こうやって腹の内を見せて、直すべき点を教えてくれた辰三さんには、本当にありがたいと思っているんだ。感謝するぜ」

怜治は深々と頭を下げた。慎介もそれに倣う。

「どうか改めてもう一度、朝日屋の料理を味わってくんな」

ちはるは手早く料理をよそい、新しい膳を作った。慎介も調理場に戻ってきて、加わる。

鮪の刺身、鰤と大根の煮つけ、ほうれん草の煮浸し、豆腐の卵餡《あん》かけ、白飯、水菜と揚げの味噌汁――食後の菓子は小蜜芋だ。

ちはると慎介が料理を用意している間に、たまおは酒の支度をして、膳の上に載せた。

あっという間に三人で作り上げた膳を、たまおが両手でしっかと持ち上げる。

「お運びいたします」

「お願いします」

たまおが運んでいった膳を、辰三はかしこまって眺めた。

「冷めないうちに、食べてくんな」

怜治の言葉にうなずいて、辰三は料理に箸をつける。

まず、味噌汁をひと口。

「――うめえな」

独り言つような辰三の声と、箸を動かす音が、入れ込み座敷に小さく響いた。

辰三は熱い物から食べ進めていく。

鰤と大根の煮つけ、豆腐の卵餡かけ――そして合間に、酒をちびり――鮪の刺身と、ほうれん草の煮浸しをつまみながら飯を食べ、また酒をちびり――。

たまおが運んでいった食後の茶とともに、小蜜芋までぺろりと平らげた。

辰三は居住まいを正して、怜治に向かい合う。

「美味かったぜ。評判以上だ」

ちはると慎介は調理場で、ほっと息をついた。

「だが、やっぱり無料《ただ》というのは気が引ける」

辰三はちらりと入れ込み座敷の隅を見ながら、懐から財布を取り出した。

入れ込み座敷の隅では、まだ残っていた老爺がじっと辰三のほうに顔を向けていた。

「それじゃ一膳分だけもらうぜ。辰三さんが、もともと注文していた分だ」

怜治の言葉に、老爺はにっこり笑ってうなずくと立ち上がった。

「ごちそうさん」

事のなりゆきを見届けて満足したのか、機嫌顔で帰っていく。

辰三も支払いを済ませて下足棚へ向かう。その後ろ姿に、怜治は声をかけた。

「ぜひ、また来てくんな」

辰三は答えぬまま草履に足を突っ込むと、暖簾の向こうへ消えていった。綾人が通りへ出て見送る。

怜治は足を崩して胡坐《あぐら》をかくと、後ろに控えていたおしのに向き直った。

「おまえ、ついてるな」

おしのは怪訝顔で首をかしげた。

「初日からきつい客に当たれば、あとは楽に感じるぜ」

おしのは膝の上に置いていた盆をぎゅっと握りしめた。

「旦那さん、本当にわたしを使い続けるおつもりなんですか？」

相変わらず小さな声が、しかしはっきりと、入れ込み座敷に響いた。

「あのお客さんが言っていた通り、わたしに客あしらいは無理なんじゃないでしょうか」

「それじゃあ、どうして、うちに来たんだ？」

おしのの問いに、怜治は問いで返した。

「最初から無理だと思いながらも、兵衛の頼みを断り切れずに、仕方なく来たのか？　客と接するのが心底から嫌なら、どんなに断り切れねえ性分だったとしても、応じなかったんじゃねえのかい。亭主を通して頼まれた話なんだろう？　だったら、亭主を通して断ることもできたはずだぜ。それとも、亭主にすら本心を語れねえのか？」

おしのは黙ってうつむいた。怜治は苦笑する。

「内職の繕《つくろ》い物を納めて、ちょうど手が空いたから、とりあえず今日だけ手伝ってくれって話だったが――掛け持ちできるんなら、また来て欲しい」

おしのの返事を待たずに、怜治は立ち上がった。

「さあ、おれたちも飯にしようぜ」

おしのが腰を浮かせて、怜治を見上げる。

「あの、わたしは――」

怜治はすぐに「ああ」と声を上げた。

「亭主が迎えにくるんだったな。亭主も一緒に食っていけばいいんじゃねえか？」

おしのは恐縮顔で首を横に振った。

「今日は親方のところで、ごちそうになってくるそうで――」

おしのの亭主は大工だという。

「じゃあ、おまえだけでも食べていけばいいじゃねえか」

「でも、そろそろ迎えにくると思いますので――」

慎介が握り飯を作り始めた。飯を握りながら鍋を目で指し示されて、ちはるはうなずく。鰤のあらで作っておいた汁を小鍋に移す。

「おい、慎介」

怜治が調理場へ顔を向けた時すでに、ちはるは鮪のため醬油漬けにしておいた鮪の刺身を小さな重箱に詰めていた。

「今、用意してます」

と言いながら、慎介は小蜜芋を竹皮の上に並べている。ちはるは、ほうれん草の煮浸しも重箱に詰めた。

風呂敷で包んでいると、表戸が控えめに叩かれた。

「すみません、おしのはおりますでしょうか。亭主の伊佐吉《いさきち》と申しますが――」

綾人が戸を引き開けると、実直そうな顔つきの、たくましい男が立っていた。

「おまえさん」

おしのが、ほっと安堵したような声を出す。

伊佐吉は土間に踏み入ると、大股で入れ込み座敷の前へ向かった。

「どうだった？　ちゃんとやれたか？」

おしのは自信なげに唇を引き結ぶ。まだ辰三に叱られたことを気にしているような顔つきだ。

伊佐吉は眉をひそめて、おしのの顔を覗き込んだ。

「どうした？　何かあったのか」

「ちょいと厳しい客に当たっちまったのさ」

怜治は笑いながら、伊佐吉の前に立つ。

「だが、おしのは立派だったぜ。逃げずに、ちゃんと頑張っていた」

伊佐吉は心配そうに、おしのを見る。

「何か、しくじっちまったのかい」

「なぁに、たいしたことじゃねえよ。今日は混んでいたから、客も落ち着かなくてよ」

たまおがうなずいて、おしのに歩み寄った。

「今日は、おしのさんが来てくれたおかげで、とっても助かりました」

おしのの隣に腰を下ろすと、たまおは前掛の裾を持ち上げた。

「わたしの前掛まで直してくれて、本当にありがとう」

たまおはにっこり笑って伊佐吉を見上げる。

「前掛の裾がほつれていたのに気づいて、すぐに繕ってくださったんですよ」

伊佐吉の顔が少しほぐれた。

「こいつは縫い物が上手いんですよ。繕い物の内職をしているくらいですから」

たまおは笑顔でうなずいた。

「本当に、ほつれたところがまったくわからないくらい、綺麗に繕っていただきました。それも、あっという間に」

伊佐吉も笑顔になる。

「お役に立てて、何よりでした。なあ、おしの」

おしのは気恥ずかしそうにうなずいた。

ちはるは風呂敷包みを入れ込み座敷へ運んでいく。

「あの、これ、おしのさんの夜食です。伊佐吉さんは夕飯を済ませておいでになると伺いましたので、握り飯はおしのさんの分だけですが、鮪の刺身の醤油漬けと、ほうれん草の煮浸し、鰤のあら汁は二人分ありますので、よろしかったらどうぞ。小蜜芋も入れてあります」

おしのと風呂敷包みを交互に見て、伊佐吉は目を輝かせた。

「お気遣いいただいて、ありがとうございます。――よかったなあ、おしの」

ちはるが差し出した風呂敷包みを受け取って、伊佐吉は感慨無量の面持ちになった。

「おしのは、いつも繕い物の内職ばかりしていて、あまり長屋の外へ出なかったんですよ。人前に出るのを恥ずかしがるといいますか――井戸端で他のかみさん連中と顔を合わせても、何だか気おくれしちまっているようで――うちは子供もいないもんで、日中おれが仕事へいっている間は、話し相手もなく一人ぽつんと――」

伊佐吉は一同の顔をぐるりと見回した。

「だから、朝日屋さんを手伝わないかって話がきた時、おれは『やってみたらどうだ』と勧めたんです。おしのも最初は躊躇《ちゅうちょ》していましたが、ろくに人としゃべらなくても差し支えない今の暮らし方を変えたいって気持ちもあったようで、『まずは一日だけ、やってみる』と――」

「一日だけじゃなく、これからも働いてもらいたいと、おしのに言ったのさ」

怜治の言葉に、伊佐吉は目を見開いた。

「おしのに客商売ができるんで？」

「できると思ったからこそ、頼んだのさ」

怜治は即答した。

「たまおの前掛の話を聞いただろう？　おしのは細かいところに気がつくんだ。混んだ食事処では、まだ慣れねえことばかりで余裕をなくしちまったが、それは無理のねえ話さ。誰だって、初めてのことには戸惑う。だが、仕事に慣れれば、客あしらいだって上手くできるようになるはずさ。客のためを思って動くことができる、いい仲居になるんじゃねえのか」

たまおが大きくうなずいた。

「わたしも、おしのさんとだったら、気持ちよく一緒に働けるわ。おしのさんには、人の足を引っ張ろうとする邪心が見えないもの」

伊佐吉は「もちろんですよ」と声を上げる。

「一緒に働く者の足を引っ張るなんて下衆《げす》な真似をするやつは、お天道《てんと》さまが許しません」

ちはるは思わず口元を引きつらせた。

おえんのような者もいるのだ――。

みな同じことを考えているのか、たまおは眉間に深くしわを寄せ、綾人はげんなりした表情になり、慎介は苦虫を嚙み潰したようなしかめっ面をして、怜治はこめかみをぼりぼりとかいていた。

「あっ、そうだ――」

怜治が気を取り直したように、おしのを見た。

「おまえに縫い物の仕事を頼みてえ」

おしのは首をかしげる。

「みなさんの繕い物ですか？」

「いや、そろいの前掛を作って欲しいのさ。おれと、慎介と、たまおと、綾人と、ちはる――それから、兵衛の分も作らねえと、文句を言われるな」

怜治は口角を引き上げて、おしのを指差した。

「もちろん、おまえの分も作っておくんだぜ。また朝日屋で働いてもらえる時、一緒に身に着けてもらう」

おしのは胸の前で両手を握り合わせた。

「でも、わたし――」

「無理はしなくていい。掛け持ちでいいって言ったろう」

おしのをさえぎって、怜治は続けた。

「だけど、おまえはもう七人目の仲間だ。おれたちは、そう思っているぜ」

たまおがうなずいた。綾人と慎介もうなずく。

おしのは不安げな表情で一同の顔を見回した。目が合って、ちはるはにっこり笑った。

きっと、おしのは信用するに足る人物だ。それが何よりも大事だと、改めて思う。

じっと目を見て大きくうなずくと、おしのも恐る恐るといった表情で小さくうなずき返してくれた。

おしのと伊佐吉を見送ってから、みなで賄を食べた。

鮪の刺身の醤油漬けを冷や飯の上に載せ、炒り胡麻と刻み葱を散らして、熱い煎茶をかける。

鰤のあら汁は、ななめ切りにした千住《せんじゅ》葱を入れて、あっさりと塩で味をつけた。

しばし黙々と食べ進める。

「おしのにも期待してえが――やっぱり毎日働いてくれる仲居も探さなきゃならねえなぁ」

あら汁をすすって、怜治がため息をついた。

「おえんの二の舞は避けたい。おしののように、兵衛の伝手で入ってくる者ならともかく、口入屋から勧められた者は、働かせる前にまずじっくりとおれが話をしたほうがいいかもしれねえなあ」

慎介が同意する。

「まっとうに働く気のねえ者を入れても無駄ですからねえ」

ちはるは茶漬けを口の中に入れた。

鮪の醤油漬けが舌の上に載る。生の部分は、醤油に浸した鮪のこくが、しんなりと――煎茶がかかって、さっと煮えた部分は、やわらかくほろりと――炒り胡麻が香ばしい味わいを、刻み葱がさわやかな風味を加えていた。

続いて、鰤のあら汁を飲む。

軽く優しい塩の味が腹の底へ流れていった。鰤のあらから染み出た旨みが、ほどよい甘みをかもし出している。あらをしっかり洗った甲斐あって、魚のくさみは感じない。千住葱の甘みも、しっかりと鰤に絡みつくように染み出ている。

賄を食べ終えると、ほっと体がゆるんだ。

夜が更けて、一日が終わる——まだ片づけが少し残っているが、今日も無事に終わったという安堵感が、ちはるの胸に広がっていく。

「おそろいの前掛を渡す八人目の仲間が、早く来てくれるといいですね」

食後の茶を飲みながら、綾人がしみじみとした声を上げた。

怜治が「おう」と答えながら、たまおに顔を向ける。

「ご苦労だが、明日おしののところへ重箱を引き取りにいってくれ。そんで、前掛の色とかも相談してきてくれよ」

「わかりました」

たまおは嬉しそうに顔をほころばせた。

「楽しみだわぁ」

ちはるは大きくうなずいた。

新しい仲間も、おそろいの前掛も、胸がわくわくする。

絶対にいい人が来てくれると、ちはるは信じた。

おえんのような人物には閉口するが、おえんのあとには、おしのが来てくれたのだ。おしのの次に来る人物も、きっと期待できる。

明日は喜ばしい出来事が訪れてくれるはずだと胸の内で呟きながら、ちはるは茶を飲み干した。

「何とか頼むよ」

兵衛が朝日屋を訪れて、怜治の前で両手を合わせたのは翌朝である。泊まり客を見送って、ほっとひと息ついた時分だった。

「おしのさんは毎日来られないし、やっぱり早急に新しい仲居が必要だろう？　この彦兵衛《ひこべえ》さんは、大伝馬町《おおでんまちょう》二丁目にある唐物《からもの》屋、橘《たちばな》屋のご隠居なんだ。身元は、しっかりしているよ」

兵衛は土間に立つ彦兵衛の背中に手を当てて、そっと怜治の前に押し出した。

彦兵衛はかしこまって一礼する。

「どうも、このたびは――」

「待て、待て」

彦兵衛の挨拶をさえぎって、怜治は兵衛に向き直った。

「いくら何でも、この爺さんに仲居は無理だろう」

彦兵衛は白髪頭に手を当て、首をかしげた。

兵衛が慌て顔で首を横に振る。

「違うよ！　新しい仲居として雇って欲しいのは、彦兵衛さんの孫娘の、おふささんさ」

怜治は、ほっと安堵の息をつく。

「何だ、孫娘かよ。年はいくつだ？」

「十六でございます」と、彦兵衛が答える。怜治はうなずいた。

「そんなら、じゅうぶん仕事ができるな。——で、その、おふさはどうした？　一緒に来ていないのか」

彦兵衛の顔が曇った。

「それが——本日はあいにく都合が悪く——明日必ず連れてまいりますので、明日から、おふさに仕事をさせてはいただけませんでしょうか」

何とも歯切れが悪い。

ちはるは調理台の前で慎介と顔を見合わせた。

「あのお爺さん、どこかでお見かけしたような気がするんですけど……何度か、うちに来ていましたよね？」

小声で問えば、慎介がうなずく。

「昨夜、おしのと辰三さんの一件があった時に、最後まで残っていた方だろう」

言われて、はっきりと思い出す。

おしのと辰三のやり取りにばかり気を取られていたが、入れ込み座敷の隅で食べていた老爺は、確かに、この彦兵衛だった。

「以前、料理を褒めてくださったこともあっただろう。小蜜芋を『うちの孫娘が喜びそうな菓子だった』と、おっしゃってくださった方だ」

「ああ――」

朝日屋の膳が一汁四菜なのは、なぜかと問うてきた老爺である。

朝日屋の四菜は、幸せの『し』――一陽来復の宿である朝日屋で飯を食べれば、きっといいことがあるという怜治の説明に、納得して帰っていったのだった。

「調理場にいても、できる限り、お客さんの顔はちゃんと覚えていろ」

「はい――すみません」

ちはるは素直に頭を下げた。

自分の受け持ちは料理だから、お客のことは、たまおと綾人に任せておけばいいという気持ちがあったのかもしれないと反省する。

せっかく客席が見える調理場にいるのだから、もっとお客のことを見ていなければならなかったのだ。料理を食べている人たちの様子からも、しっかり学ばなければならなかったのだ。

今のちはるには、まだまだ余裕がなくて、自分の手元を見るだけで精一杯のことも多いが――これから少しずつでも気を配っていこうと、ちはるは改めて気を引きしめた。

「おい、何か隠しちゃいねえか？」

怜治の声が鋭く響いた。

「おえんみてえな性悪《しょうわる》はごめんだぜ。引っかき回されたら、たまったもんじゃねえや」

土間へ目を戻すと、兵衛は眉尻《まゆじり》を下げて、しょぼんと肩を落としていた。

口入屋からの紹介とはいえ、おえんのような者を朝日屋に引き入れてしまったと気にしているようだ。

「彦兵衛さんの話によると、おえんのような娘ではないんだ。きっと、性根は悪くないんだよ。会うだけ会ってみてくれないかねえ」

怜治は眉間に深くしわを寄せた。

「何だよ、いかにもわけありって口ぶりじゃねえか」

彦兵衛が、ずいっと一歩前に出た。怜治の右手を、両手でがっちり握りしめる。

「朝日屋さんには、何としても、わしの孫娘を――おふさを、お願いしたいのです」

怜治はたじろいだように一歩下がった。手を引き抜こうとするが、彦兵衛は離すまいと、さらに一歩詰め寄る。ますます両手に力を込めて、怜治にすがりついた。

「なにとぞ、おふさを――なにとぞ――」

怜治よりもずっと小柄な彦兵衛だが、意外と押しが強そうだ。

まるで何の前触れもなく現れるという妖怪ぬらりひょんにでも迫られているかのように、怜治はじりじりとあとずさった。あっという間に、入れ込み座敷の上がり口まで追い込まれていく。

怜治は咳払いをして、何とか彦兵衛の手を引きはがした。

「まあ、上がれよ」

彦兵衛から逃れるように、怜治は入れ込み座敷の奥へ向かっていく。兵衛に促されて、彦兵衛も続いた。

たまおが茶を淹れて運ぶ。

怜治に促され、ちはる、慎介、綾人も入れ込み座敷に集まった。彦兵衛と向かい合って座る怜治の後ろに一同は控える。兵衛は、怜治と彦兵衛のななめに位置する場所に陣取った。

怜治が背筋を伸ばす。

「――で？」

彦兵衛は切羽詰まったような表情で、改めて一礼した。

「隠し立てしても仕方ございません。朝日屋のみなさまには、すべて正直にお話しいたします。実は、おふさは今、悪い仲間と遊び歩いておりまして――女だてらに、酒を飲んで帰ってくる夜もございます。どんなに叱っても、態度を改めず、家の者はみな疲れ果ててしまいました」

ちはるは唖然とする。まさか彦兵衛が言っていた「小蜜芋を喜びそうな孫娘」が、そんな品行の悪い娘だとは思わなかった。

話を聞く限り、おふさという娘に仲居が務まるとはとても思えない。

怜治の背中越しに見える彦兵衛の顔は、ひどく苦しそうだ。

「朝日屋の主、怜治さんは、かつて泣く子も黙る火付盗賊改《ひつけとうぞくあらため》の同心でいらっしゃったと伺いました。ここにいれば、おふさの仲間たちも誘いづらくなるでしょう」

「おれに子守りをしろっていうのかい」

明らかにうんざりした怜治の声に、彦兵衛は膝の上で両手を握り固めた。

「何と言われても、仕方がございません。都合のいいお願いだとは、わかっております。けれど――」

彦兵衛は顔を上げると、怜治に向かって身を乗り出した。

「昨夜たまたま、おしのさんと辰三さんの一件に居合せました際に、確信したのでございます。おふさが生まれ変われる場所は、ここしかないと――」

怜治は黙って腕組みをした。

彦兵衛は床に手をつき、這いつくばるようにして懇願する。

「おふさは今、自分を見失い、当てもなく居場所を探し続けているような状態でございます。どうか、ここに、おふさを置いてやってはいただけないでしょうか」

怜治は小さく唸った。

「何で、うちなんだ？」

「朝日屋さんは、おしのさんを責めることなく、辰三さんの気持ちを静めました。おしのさんを見る奉公人のみなさんの目も、とても温かかった」

「他に、もっといいところがあるんじゃねえのか」

彦兵衛は首を横に振ってから、深々と頭を下げた。

「理屈ではございません。朝日屋さんがいいと、わしの気持ちが動いたのでございます」

兵衛が困り果てたように、怜治を見る。

「朝っぱらからうちにやってきて、この調子で頭を下げ続けられたのさ。『おふさを朝日屋で働かせてもらえるように、何とか口添えを頼みます』ってね」

彦兵衛は頭を上げない。

怜治は振り返って、たまおに顔を向けた。

「仲居頭として、どう思う？」

たまおは小首をかしげて苦笑する。

「本人に会ってみないことには、何とも――」

「だろうな」

怜治は慎介に目を移した。慎介がうなずく。

「本人を見てから決めましょう。大伝馬町二丁目の橘屋さんといえば、裕福な粋人《すいじん》たちを相手に商売なさっている、立派な唐物屋です。奉公人はもちろん、娘さんにも、しっかり行儀《ぎょうぎ》作法などを仕込んでいらしたんじゃございませんか」

彦兵衛が慎介に顔を向けた。

「幼い頃から、挨拶や掃除は厳しく仕込んでおりました。読み書きはもちろん、箏《こと》も習わせて――」

彦兵衛はすがるような目で一同の顔を見回した。

「身内贔屓と笑われるかもしれませんが、おふさも根はいい子なんです。小さい頃は本当に素直で、愛想がよくて、店へいらっしゃるお客さまにも『おふさちゃんは、いつも可愛いねえ』なんて褒めていただいて――」

彦兵衛は悲しそうに目を伏せた。

「どうしても、まだ、あきらめきれないのでございますよ。昔のおふさに戻って欲しいと、それぱかり考えてしまいます」

怜治は、ふんと小さく鼻を鳴らした。

「朝日屋の役に立つか、立たないか――こっちは、そこだけ見て判断するからな」

彦兵衛は怜治に向き直って、うなずいた。

「もちろんでございます。おふさに立ち直る機会をいただけましたら、それだけで――」

「まずは一日だ」

怜治は人差し指をぴんと立てて、彦兵衛の顔の前にかざした。

「一日試して、差し支えなければ、次の日も働かせる。それでよければ、明日からでも連れてきな」

「ありがとうございます」

彦兵衛は両手をついて深々と頭を下げた。

いったい、どんな娘が来るのかと、ちはるは戦々恐々の心持ちになった。


翌日、朝日屋に現れたおふさは不機嫌丸出しの表情で土間に立った。いかにも「無理やり連れてこられました」という心の叫びが、体中から放たれているような様子だ。

「おふさです。初めまして。どうぞよろしくお願いいたします」

ぶっきらぼうな物言いには、奉公人一同と仲よく一緒にやっていこうという気持ちが微《み》塵《じん》も見えない。おふさの前に立ち並んだちはるたちとは目を合わせようともしなかった。

見目のよい綾人にも、まるで興味がなさそうだ。その点は、確かに、おえんと違うが――。

果たして、仲居として使えるだろうか。仲居頭のたまおに対しては、どんな態度に出るだろうか。

思わず警戒した目で見つめていれば、ふと、おふさがちはるのほうを見た。おふさが朝日屋に足を踏み入れてから、初めて目が合う。

「ふん」

小馬鹿にしたような目で、おふさは小さく眉を吊り上げた。

ちはるは、むっと眉間にしわを寄せる。

何だ、その態度は――！

怜治が苦笑した。

「嫌々うちに来たって顔だが、これっぽっちもやる気はねえのか」

「ありません」

即答したおふさに、怜治はこめかみをかいた。

「じゃあ帰っていいぞ」

「帰れません」

怜治は「へえ？」と首をかしげる。

「朝日屋で働かないのなら、尼寺《あまでら》へぶち込むと親に言われました」

怜治は声を上げて笑った。

「橘屋は、よっぽどおまえに手を焼いているんだな。うちで駄目なら、打つ手なしってわけか」

おふさは、ぶすっと頬を膨らませる。

「仕方ありません。尼寺よりはましでしょうから、ここで働かせてください」

怜治はにやにやと笑いながら腕組みをして、おふさを見下ろした。

「働かせてもらいたきゃ、しっかり真面目に仕事をするんだな。役立たねえ者は置いておけねえぜ」

おふさは悔しそうに怜治を見返した。

「わかってます。仕事はちゃんとやりますよ」

「仲居頭は、たまおだ。おまえは、たまおの指図を受けろ」

怜治に促されて、たまおが一歩前に出る。

「よろしくね」

おふさは姿勢を正すと、たまおに向かって深々と頭を下げた。

「どうぞよろしくお願いいたします」

ちはるは目を瞬かせた。

一礼したおふさの仕草が意外にも、たいそう美しかった。

まるで、おふさの背後に突然、立派な床の間が広がったかのような——そこで焚かれている上品な香のにおいまで、ふんわりと漂ってきそうな——そんな錯覚に陥った。

すんすんと小さく鼻を動かして、辺りのにおいを嗅いでみたが、目の前にいるおふさから香の類《たぐい》などは漂ってこない。

裕福な家の娘といっても、おふさ自身には香り袋などを身に着ける趣味がないのか――それとも、朝日屋が色を売らぬ客商売のため、あえて香りをまとわぬよう心がけてきたのか――。

どちらにしても、幼い頃から挨拶や掃除を厳しく仕込んでいたという、彦兵衛の言葉に嘘はなさそうだ。

では先ほどのおふさの宣言通り、本当に、仕事はちゃんとやるのか――。

「それじゃあ、わたしと一緒に、お客さまがお立ちになったあとの客室を掃除しましょう」

「はい」

おふさは素直に、たまおのあとをついていく。

今のところ、たまおに対して無礼を働くつもりはなさそうだが――。

慎介が、ちはるの肩をぽんと叩いた。

「おれたちも仕事に戻るぞ」

「はい」

ちはるは調理場に入って、里芋の皮をむき始めた。

日が暮れて、掛行燈に火が灯る。食事処が開くと同時に、客たちが次々に入ってきた。

「いらっしゃいませ」

おふさの明るい声が入れ込み座敷に響き渡る。

「二名さまでいらっしゃいますか？　こちらへどうぞ」

きびきびと客を案内して、おふさは調理場へ酒と膳を取りにきた。

「今お席に着いたお客さまたちは、何か、お祝い事があったようです。他にも、上機嫌でお仕事の話をなさっている方たちが、下足棚の前に何人かいらっしゃいました。今日は、お酒の追加が多く出るかもしれません」

慎介が感心したように目を細めて、おふさを見た。

「よく気がついたな」

おふさは眉間にしわを寄せて、ぎゅっと口元に力を入れる。

「お客さまたちのやり取りが、たまたま耳に入ってきただけです」

膳を持つと、ぷいとそっぽを向くように行ってしまった。

ちはるは首をかしげる。

「何ですか、あれ。可愛くありませんねえ」

「いや、可愛いもんだろう」

慎介が小声で笑いを漏らした。

「褒められて、照れたのさ。やる気なんかねえと言い切った手前、おれに褒められても、素直に嬉しいって顔ができなかったんだ」

ちはるは眉をひそめる。

「とんでもない天邪鬼《あまのじゃく》ですね」

慎介は入れ込み座敷のおふさを見ながら微笑んでいる。

「わかりやすい娘だ」

「そうですか？」

慎介が大きくうなずいた。

「おえんとは違うだろう」

「そりゃ、そうですけど――」

ちはるは唇を尖らせた。

その直後、入れ込み座敷の客の視線を感じ、慌てて顔に笑みを貼りつける。

「さあ、口よりも手を動かすんだ」

「はい」

ちはるは気を引きしめて、膳の上に料理を並べていった。

本日の夕膳は、鯛の刺身、牡蠣《かき》の胡椒煮、蓮根の胡桃《くるみ》味噌あえ、里芋の煮つけ、白飯、小松菜と溶き卵の味噌汁――食後の菓子は小蜜芋だ。

たまおが調理場に入ってきた。慎介が膳の上に刺身を置いて、たまおを見る。

「どうだ、やっていけそうか？」

たまおは満足げに微笑んだ。

「おふさちゃん、働き者ですよ。客室の掃除も手を抜かなかったし、お客さんへの接し方も丁寧です。目上のお客さんと話すのも、かなり慣れているみたいですね。やっぱり、橘屋さんで相当仕込まれたんじゃないかしら」

慎介がうなずく。

「こっちからも様子を見ているつもりだが、何かあったら言ってくれ」

「はい。ありがとうございます」

にっこり笑みを深めて、たまおは膳を手にした。

「お運びいたします」

「お願いします」

ちはるは蓮根の胡桃味噌あえを器によそいながら、ちらりと入れ込み座敷へ目をやった。

おふさが笑いながら、客の着物にそっと手拭いを当てている。どうやら胡坐をかいている膝の上に、客が酒をこぼしてしまったようだ。すまなそうに後ろ頭をかいている。

おふさが何か言った。客の口元に、小さな笑みが浮かぶ。調理場には聞こえなかったが、客が恐縮し過ぎぬように、おふさが声をかけたようだ。

おふさは笑みを崩さぬまま、客に一礼して立ち上がる。客も笑みを浮かべたまま、料理に顔を戻した。

おふさが空いた膳を下げながら、調理場へ入ってきた。ちはるの視線に気づくと、むっと眉根を寄せる。

「何よ」

「いや、別に――」

まっすぐ睨むように目を合わせられ、とっさに口ごもってしまった。

おふさは眉間のしわを深める。

「ちゃんと仕事していますけど」

「わかってるわよ」

おふさの喧嘩腰の物言いに、つい、ちはるもむっとしてしまう。

客あしらいが上手だなと思って、さっき見ていたのよ――なんて褒め言葉は、喉の奥を通り越して、腹の奥底まで引っ込んでしまった。

ちはるから顔をそらして、おふさは新しい膳を手にする。

「お運びいたします」

「……お願いします」

いつもなら、するりと出てくる言葉が、なかなか出てこなかった。

慎介が苦笑する。

「まあ――大人になりな」

「はい……」

慎介が、まな板に向き合う。

ちはるは慎介の手元に目をやった。

すっと刺身を引いていく動きが、とても美しい。

鯛の身を少しも押すことなく、一気に包丁を引く――その切り口は鮮やかで、艶々と輝いていた。

刺身のひと切れ、ひと切れから、芳醇《ほうじゅん》な潮の香りが、ちはるの鼻先に押し寄せてくる。

つい先ほどまで海で泳ぎ回っていたような新鮮な鯛のにおいが、調理場に漂う醬油やみりんのにおいを押しのけるようにして、刺身から力強く放たれていた。

食べずとも、喉が鳴る。ちはるの口の中に、どっと唾が湧き出てきた。

生の鯛の甘みが口の中いっぱいに広がっていくようだ――見ているだけで、絶対に美味いとわかる、見事な包丁使い――。

刺身の切り口を改めて見て、慎介は本来、大勢の料理人たちを束ねるべき人物だったのだと、ちはるはつくづく思った。

大きな料理屋では、板前の他に、煮方、焼き方がいる。文字通り、「煮方」は煮物を受け持つ者、「焼き方」は焼き物を受け持つ者だ。その他に、雑用を言いつけられる「追い回し」など――店によって多少の違いはあれど、役割や上下の関係がきっちりと決められている。

板前は、献立を作り、刺身を引く者である。大きな店では、板長である親方の下に、向こう板や、脇板がつく。

本来であれば、慎介の隣でいきなりちはるが料理をすることなど、絶対にありえないのだ。

ちはるが朝日屋へ来た時、料理人は慎介一人だった。親の店を手伝っていただけのちはると二人で調理場に入らねばならない手前、慎介は何でもやる。ちはるへの指導も、優しさに溢れている。

だが、朝日屋の前身であった福籠屋の頃には、どっかりと板場に座って刺身を引き、弟子たちに厳しく指図を飛ばしていたはずなのだ。

もし、自分が男だったら――年端もいかぬ子供の時分から、料理屋で厳しい修行を積んでいたなら――。

ちはるは歯がゆさを感じた。

今の自分にもっと力があれば、慎介が頼もしさを感じるくらい、朝日屋の役に立てていただろうかと、思っても詮無《せんな》いことを思ってしまう。

だが「もし」は、ないのだ。

あるのだったら、ちはるは今頃、両親と夕凪亭で楽しく働いていて、朝日屋へは来なかった。親の店以外で、女が調理場に入って包丁を握ることなど叶わなかっただろう。

ちはるは唇を引き結んで、蓮根の胡桃味噌あえを器によそった。

慎介のような料理人の下で学べる喜びを大事にして、今できることをやるのだと自分に言い聞かせながら、次々に膳の用意をしていく。

いつか自分も刺身を引けるようになりたいという淡い願望も、今は胸の内にそっとしまい込んでおく。


食事処を閉め、みなで賄を食べる頃になって、兵衛がやってきた。

「慣れない仕事で大変だったろう。疲れたかい？」

兵衛は入れ込み座敷へ腰を下ろすと、おふさに向かってねぎらうような笑みを浮かべた。

おふさは入れ込み座敷の前で丁寧に一礼したのち、ちらりとななめに宙を見やる。

「別に。思っていたより、たいしたことはありませんでした」

兵衛の隣に胡坐をかいた怜治が「へえ」と感心したような声を上げる。

「橘屋の客にも褒められていたっていうから、店に出たこともあるんだとは思っていたが、実家の唐物屋と旅籠の食事処じゃあ、仕事も客もだいぶ違うだろう」

おふさは平然とした顔で怜治を見た。

「ですが、どちらも人が相手です」

怜治は目を細めて、にやりと口角を引き上げた。

「上等だ。明日もまた来な」

「はい」

おふさは背筋を伸ばすと、怜治に向かって一礼した。

怜治の隣では、兵衛が心から安堵したような表情をしている。これで、おえんの件が帳消しになったと喜んでいるようだ。

だが、おふさが長く勤められるかどうかはまだわからない——新しい働き手が増えるのは喜ばしいが、それがおふさでよいのだろうかと思いながら、ちはるは賄を入れ込み座敷に並べた。

本日の賄は、鯛のあらで炊いた鯛飯と、食事処で夕膳にもつけた牡蠣の胡椒煮と、豆腐と小松菜の味噌汁だ。

みなで車座になって、さっそく食べ始める。

兵衛が鯛飯をかっ込みながら、はう〜んと嬉しそうな唸り声を上げた。

「いい味だねえ。今日は鯛の塩焼きでも出したのかい？」

慎介が笑いながら首を横に振る。

「お客に出したのは刺身だ。あらも、しっかり鱗《うろこ》を取って綺麗に洗えば、賄には使える。

軽く塩を振って、ちはるに七輪で焼かせたのさ。身をほぐして、鯛の骨と皮と昆布で取った出汁で米を炊き、最後に身を混ぜ込んだんだ」

兵衛は鯛飯を噛みしめながら目を閉じた。

「あらも、こうして食べれば立派なご馳走だねえ。ほんのり染みた醤油の味も絶妙だ」

鯛飯には、酒と醤油と少量の塩で味をつけてある。

炊き上げている時のにおいで、これはいけると思ったが、やはりこうして実際に食べた人の声を聞いて、ちはるは安堵した。

綾人が微笑みながら、牡蠣の胡椒煮の器を手にする。

「これ、お客さんたちも美味しそうに食べていたね」

綾人に顔を覗き込まれて、ちはるは笑みを浮かべた。

「酒と醤油を煮立てた中に牡蠣を入れて、さっと煮るのよ。器に盛って、胡椒を振れば、でき上がり」

綾人はうなずいて、牡蠣を頬張った。

「お客さんに出す前にも味を見たけど、やっぱり美味しい」

ちはるは笑みを深めた。

と同時に、大きく首をかしげているおふさの姿がちらりと目の端に映った。

半分かじった牡蠣を箸でつまみ上げて、眉をひそめている。

「何？　何か、気になることがあるの？」

おふさは答えないまま、器の中に牡蠣を戻して、ため息をついた。

「何なのよ⁉」

おふさは唇を尖らせながら、ちはるに目を戻す。

「不味いわ。火が入り過ぎているんじゃないの？」

「えっ――」

ちはるの胸が、どきんと跳ねた。

牡蠣を煮たのは、ちはるだ。

煮汁の味は、慎介に見てもらったが――牡蠣のひとつひとつをすべてかじって、火の入り具合を確かめるわけにはいかない。鍋の中から漂ってくるにおいや、牡蠣の色などで、ちょうどいい頃合いを見計らって器によそったつもりだったが――。

不安になって慎介を見ると、慎介は少しも動じていないような表情で牡蠣を食べていた。

綾人が空いた牡蠣の器に目を落として首をひねる。

「事前に味を見た時と同様、わたしは美味しくいただきましたけど――」

たまおも牡蠣の器を手にして、うなずいた。

「身がふっくらしていて、美味しかったわ。硬くはなかったと思うけど――」

兵衛も同意する。

「わたしは器に山盛りでも食べられるよ」

おふさは、むすっとしたような顔で黙り込んでいる。

ちはるは、ちらりと怜治を見た。

怜治は牡蠣を食べ終えて、鯛飯も平らげようとしている。ちはるの視線に気づくと、怜治は飯茶碗から顔を上げた。

「何だよ、自信がねえ物を客に食わせたのか?」

ちはるは小さく首を横に振った。

食事処の夕膳を作っている時は、大丈夫だと思っていた。これでいいと思った物を、器によそい、膳の上に載せたのだ。

しかし、おふさに「不味いわ。火が入り過ぎているんじゃないの?」と言われて、ぐらりと大きく気持ちが揺らいだ。

あの時いいと思った自分の判断は間違っていたのか――客からは「不味い」という苦情など出ていなかったが――。

おしのの件で苦言を呈してきた客に、怜治が礼を述べた時の言葉を思い出す。

――気に入らねえことがあっても、たいていの客は黙って帰っていくだろう。だが、それは怖いことでもあるんだ。怒りを抱えたまま去っていった客は、もう二度と来てはくれないだろう――。

ちはるは怖くなった。

今日、食事処へ来た客たちは、いったいどれだけ満足してくれていたのだろうか——おふさが言ったように「牡蠣に火が入り過ぎている」と不満を抱いた客はいなかっただろうか——。

ちはるは自分の目の前に残っている、牡蠣の胡椒煮を手に取った。

恐る恐る、牡蠣を口に入れる。

一瞬ためらったのちに、思い切って嚙んだ。

ぷりっとした嚙み心地が口の中に広がる。中まで火は通っているが、決して硬くなり過ぎてはいない。

ふんわりとした歯触りを残しながら、とろけ出た牡蠣の旨みが、醬油と酒に混ざり合っている。ほどよくぴりりとした胡椒が味を引きしめて、口の中で絶妙に調和している。

ちはるは、ほっと息をついた。

牡蠣の胡椒煮の器を握りしめたまま、改めて慎介を見れば、悠然とうなずかれた。

「ちゃんと上手くできてる。それなのに、なぜ自信を持って、おふさに『これでいいんだ』と言い返せなかった？　気が弱くて言い返せなかったわけじゃあるめえによ」

怜治が鼻先で浅く笑った。

「ちはるの気性なら、『あんたの舌のほうがどうかしているんじゃないの⁉　文句を言うなら食べなくていいわよ！』なんて言い返していても、おかしくはねえな」

　慎介が真面目な顔でうなずく。

「これがわたしの料理でございますと、自信を持って言い切れるようになるには、どうしたらいいと思う？」

「それは──」

　これですと言い切る答えがわからなくて、ちはるは目を泳がせた。

「やっぱり、長年の経験を積むことでしょうか。今のあたしには、まだまだ、わからないことや怖いことばかりで──今日の牡蠣だって、お客さんに出す分をひとつひとつかじって味や硬さを確かめることなんてできなかったし──」

「おれだって、怖いことはたくさんあるさ」

　慎介が事もなげに言う。

「毎日ぶれない味をちゃんと作れているだろうか、それぞれ好みの違うお客さまに満足していただける料理を出せているだろうかと、考え出せばきりがない。この怖さは、きっと死ぬまで続くだろう」

　ちはるは唇を引き結んだ。

「怖がることは恥じゃないと、おれは思う」

　慎介が、じっと目を見つめてきた。

「大事なのは、怖さから逃げないことだ。料理人は調理場に入ったら、怖さと向き合い、思い切らなきゃならねえんだ。火は、料理人の決断を、のん気に待っていちゃくれねえからな」

「はい」

ちはるは慎介の目を強く見つめ返して、背筋を伸ばした。

怖さと向き合う——。

牡蠣の胡椒煮の器を持つ手に力を込めた。

精進《しょうじん》して、自信をつけ、恐れを抱かぬようになれば一流の料理人になれるのかと思っていたが、違うのか。一生続く怖さと向き合う覚悟ができれば、一流の道に近づけるのか。

ちはるは思わず、ふうっと息をつく。

今はまだ、怖さに飲み込まれてうずくまらぬよう踏ん張るだけで、精一杯だ。

朝日屋のみんなが、ちはるの作った料理を「美味い」と言ってくれることが最大の励みになっている。

ちはるは、ふと、おふさに顔を向けた。

牡蠣の火入れに問題がなかったのなら、どうして、おふさは「不味い」と言ったのだろう。好みの問題だろうか。それとも本当に、舌がおかしいのだろうか——。

慎介が微苦笑を浮かべる。

「おふさは――」

「わたし、そろそろ帰らなきゃ！」

慎介をさえぎって、おふさが立ち上がった。

「慣れない仕事で、やっぱり少し疲れてしまいました。明日また、しっかり働くためにも、今日はもう休まなければなりません。帰りの夜道も危ないですし」

怜治がわざとらしく眉をひそめる。

「女だてらに酒をかっくらう夜もあったんだろう？　そんなに急いで帰らずとも、おれが送っていってやるから――ああ、そうか――」

怜治は人の悪い笑みを浮かべて、おふさを見た。

「どこかで悪い仲間が待っていやがるのか。まさか、うちで働かされるのも尼寺もごめんだからと、そのまま家出するつもりじゃねえだろうなぁ」

おふさは、すっとぼけるように天井を仰いだ。

「金のない連中のところへ転がり込んだって、ろくな暮らしはできないとわかっています」

「どうかなぁ」

怜治は大げさに首をかしげた。

「おまえの考える『ろくな暮らし』は、金が一番大事なのか？」

おふさが怜治を見る。

「それは──」

とんとんと突然、表戸が叩かれた。一同は戸口へ顔を向ける。

「おふさの兄、橘屋吉之助《きちのすけ》でございます。おふさを迎えにまいりました」

綾人が土間へ下りて戸を引き開ける。

おふさとよく似た顔立ちの若い男が頭を下げながら入ってきた。品のよい羽織姿で、いかにも商家の若旦那といった風情だ。

「このたびは妹が大変お世話になりまして、ありがとうございます」

「兄さん」

さえぎるようにいまいましげな声を上げて、おふさは吉之助を睨みつけた。

「わざわざ兄さんが迎えにくる必要はないでしょう。よけいなお世話はやめてもらいたいわ」

吉之助は眉を「八」の字にして、微苦笑を浮かべた。

「だって、おまえがちゃんとまっすぐに帰ってくるかどうか、みんな心配しているんだよ」

怜治が声を上げて笑った。

「やっぱりなぁ。みんな考えることは同じだぜ」

おふさは、むすっとした顔で草履を履いた。入れ込み座敷に向かって一礼すると、足早に吉之助のもとへ向かう。

「いい加減にしてよ、もうっ」

ばしんと強く吉之助の腕を叩いて、おふさは表へ出ていく。

吉之助は叩かれた腕を押さえながら、入れ込み座敷に向かって笑顔で一礼した。

「それでは、また明日どうぞよろしくお願いいたします」

怜治が右手を上げて「おう」と答えると、吉之助はもう一度丁寧に頭を下げてから帰っていった。

すうっと冷えた風が吹き込んできて、ちはるの脇を駆け抜けていった。

ぶるりと身を震わせながら、ちはるは胸を押さえる。

迎えにきた兄に向かって憎まれ口を叩きながら帰路に就いたおふさが、たまらなくうらやましくなった。自分が失ったものを、おふさはすべて持っているという、どうしようもない羨望《せんぼう》が込み上げてきた。

生まれ育った家、血の繋がった家族――。

朝日屋に居場所を見つけた今でも、それだけは取り戻せない。

彦兵衛は「おふさは今、自分を見失い、当てもなく居場所を探し続けているような状態でございます」と言っていた。

だが、おふさの居場所は――帰る場所はちゃんとあるじゃないかと、憤りに近い気持ちで、ちはるは思った。

綾人が戸を閉めると、吹き込んでくる風はなくなった。入れ込み座敷を温めていた火鉢の勢いが増したように感じる。

たまおが淹れてくれた食後の茶を飲んで、ちはるは冷えた心身を温めた。

「けっきょく、あいつ、難癖をつけて残しやがったな」

怜治の声に、ちはるは顔を上げた。

慎介が苦笑しながら、おふさの残した牡蠣の胡椒煮の器を手にしている。

「半分かじってみたってことは、おふさなりに頑張って食べてみようとしたんですかねえ」

怜治が「さあな」と肩をすくめる。

ちはるは慎介に向かって首をかしげた。慎介は困り顔で、おふさの座っていた場所を指差した。飯茶碗と汁椀と湯呑茶碗が残されている。

「牡蠣以外は全部ぺろりと平らげていったぜ。おまえが作った鯛飯も味噌汁も、美味そうに食っていた」

ということは――。

「おふさは牡蠣が嫌いだったんですか？」

ちはるの問いに、慎介はうなずいた。

「おそらく間違いねえよ」

「じゃあ、おふさの『不味い』っていうのは、味つけがどうの火入れがどうのっていうんじゃなくて、そもそも牡蠣そのものが嫌だったっていう――」

「そうなんだろうな。残された牡蠣を見ても、やっぱり、それほど身が縮まったようには見えねえぜ」

ちはるは啞然とする。

おふさの言葉に、まんまと動揺してしまった自分が悔しい――。

慎介は手にしていた器を静かに置いた。

「だが、おめえの心の持ちようを改めて考える機会にはなったはずだ」

ちはるは唇を引き結んだ。

口から飛び出しそうになっていたおふさへの不平を、ぐっと飲み込む。

動揺は、自分の自信のなさが招いたのだ。怖さと向き合う覚悟が足りなかった。

ちはるは膝の上で両手の拳を握り固めた。

いつか、自分の未熟さをちゃんと受け止めた上で、前へ進めるだろうか。

しっかりと腹をくくって、怖さと向き合い続けることができるだろうか――。

「まあ、おふさも素直じゃねえが、裏表はねえはずだ」

怜治が意味ありげな目で、ちはるを見た。

「憎まれ口を叩く者同士、案外、気が合うかも知れねえぜ」

ちはるは顔を引きつらせた。

「いや、それは、さすがにありません」

怜治はからかうように顔を横に振りながら「へえ」と声を上げた。

「なぜ言い切れる？」

「あたしへの態度が悪いでしょう」

「おえんは最初、おまえへの態度は悪くなかったよなぁ。嘘のにおいもしなかったんだろう？」

ちはるは、むっと唇を尖らせる。

「おえんとおふさは違います」

「わかってんじゃねえか」

怜治は、にやりと笑った。

「仲よくしろとは言わねえが、あまり斜に構えねえでおふさを見てみな」

「そんなこと――」

「何だ、できねえってのか？　おふさに負けず劣らず、おまえもまだまだ子供だからなぁ」

にやにや笑う怜治に「できません」と答えるのは、ちはるの負けん気が許さなかった。

「もう子供じゃありません。できますよ。おふさが朝日屋の一員としてふさわしいかどうか、冷静に、見極めればいいんですよね？」

「おう、上等だ」

満足げに口角を引き上げる怜治に、してやられた感はあるが、仕方ない。

いけ好かないやつだが、おふさがおえんと違うのは事実だ。

おえんのような者は、二度と朝日屋に近づけたくない。

ちはるは憎き久馬を思い返した。

自分の思い通りに事を進めるため、人を陥れ、傷つけても構わないという者は世の中に少なからずいるのだ。

ちはるだけでなく、慎介も、たまおも、綾人も、みなそれぞれが、ひどい目に遭ってきた。

多少気に食わない者でも、悪意を持って裏切られる恐れがないのであれば、いいのかもしれない。ともに働くうち、滅法気が合うとまではいかずとも、いつか信用の置ける間柄になれるのかもしれない。

家族に見捨てられず、心配して迎えにくる兄がいるのであれば、きっとおふさにもいいところがあるのだろうと、ちはるは思った。

けれど、やっぱり、いけ好かないものは、いけ好かない。

おふさが朝日屋で働くようになって、二日が過ぎ、三日が過ぎ——今日で五日目になった。

怜治はまだ、おふさを正式な仲居にすると言わない。

だから客に出す料理の味見もさせていないが、連日通ってくれば、賄の分も見越してたっぷり仕込んでおいた煮物などを、奉公人一同で食べる時もある。

気に入らない物があれば、おふさは難癖をつけて、ごっそりと残した。

さすがに慎介に対しては文句をつけることができぬようで、ちはるに向かっていちゃもんをつけてくる。

「こんな味が濃い物を、お客さんに出したの？」

食事処を閉めたあとの入れ込み座敷で、今日もおふさは非難がましい声を上げた。箸でつまみ上げたひと口大の蛸《たこ》を、うんざりした顔で睨んでいる。

ちはるは奥歯をぐっと嚙みしめ、両手の拳をぎゅっと握りしめて、怒鳴りつけたい衝《しょう》動《どう》をこらえた。

今宵、槍玉に挙げられたのは、蛸の南蛮《なんばん》煮か——。

魚や青物を油で炒めてから煮た物や、葱または唐辛子を加えて煮た物を、南蛮煮という。

今回は、蛸を油で炒め、唐辛子を加えて煮た。

ぴり辛な蛸が酒の肴《さかな》によく合い、なおかつ飯も進むと、客に好評だったはずだ。たまおを通して、「美味い」と褒めてくれた客が何人もいる。

ちはるは大きく息をついて、冷静になろうと努めた。

「味が濃いって――あんた、まだひと口も食べてないじゃないの」

「食べました」

いけしゃあしゃあと言うおふさに向かって、ちはるは胸をそらした。

「嘘よ。器の中を確かめればわかるわ。あんたの器の中には、蛸を五つ入れたの。本当に食べたのなら、数が減っているはずよねえ」

おふさは、うっと小さくうめいた。ちはるは勝ち誇った気持ちになって、にんまりと笑う。

「本当は食べてないんでしょう？」

「食べたわ！」

おふさはきっぱりと言い切った。

「ものすごく小さい蛸の足の先が入っていたのよ。それを入れて、蛸は全部で六つ入っていたの！」

「何ですって⁉　よくも、そんな白々しい嘘がつけたもんだわね！」

ちはるに向かって、おふさは蛸が入っている器を突き出した。

「わたしが嘘をついているっていう証はあるの⁉　あるんだったら、今すぐ出してみなさいよ！　あんたが蛸の数を数え間違っていたんじゃないの⁉　それとも『慎介さんやたまおさんたちと一緒に数えながら器によそったから、絶対に間違ってない』と言い切れるのかしら⁉」

ちはるは、ぐぬぬと歯を食い縛った。

蛸の南蛮煮を器によそったのは、ちはる一人だ。証人など誰もいない。

おふさは、ふふんと鼻先で笑った。

ちはるの頬が、かっと熱くなる。頭の中で茶を沸かせるのではないかと思うほど、かーっと怒りでのぼせそうになった。

落ち着け――。

ちはるは自分に言い聞かせた。

おふさの調子に乗せられては駄目だ。腹を立てて見境をなくしても、いいことはひとつもない。おふさが帰ったあとで、疲労が増すだけだ。

ちはるは自分の器をじっと見つめた。

この蛸の南蛮煮は、客にも出した物だから、慎介がちゃんと味を確かめている。たまおや綾人だって味を見た。怜治なんて、味見のお代わりを欲しがったくらいだ。

となると、おふさは蛸が嫌いなのか――？

だが、牡蠣の時は半分かじってから文句を言っていた。味に関しては、食べてからではないと難癖をつけづらいからだ。

今回は、口にもしたくなかったのか――それほど蛸が嫌いなのか――もしくは――。

「唐辛子が駄目なのかしら？」

おふさの肩が、びくりと跳ねた。ちはるは納得する。

「ああ、そう――おふさ、あんた、唐辛子が嫌いなのね？　辛い物を食べたくないから、味が濃いとか何とか言って、口にしなかったんでしょう」

おふさは口ごもりながら顔をそらした。

「やっぱり、そうなのね」

「京や大坂の人が来たら、味が濃いって言うに決まってるわ。上方は薄味だっていうから」

おふさは苦しまぎれの憎まれ口を叩く。ちはるは呆れた。

「ここは江戸なの。江戸に来たら、みんな江戸の物を食べるのよ。あんただって、別に薄口の物が好きってわけじゃないでしょう？　うちの賄で食べられる物は、ばくばく食べているじゃない。何だかんだと理由をつけて残す物は、嫌いな物なのよねえ」

今度はおふさが、むぐぐと歯を食い縛る。

「嫌いな物を残すなんて、そんな行儀の悪い真似――」

「へえ、行儀が悪いと思われたくなくて、あたしに難癖つけてたってわけね」

「別に」

おふさはそっぽを向いた。

「そういえば、以前お祖父《じい》ちゃんが買ってきてくれた小蜜芋っていうお菓子、いつまで出し続けるつもりなのかしら」

突然話を変えられて、ちはるは眉をひそめる。

「焼き芋といえば冬の物――もうすぐ年が明けるんだから、そろそろ新春にふさわしい物を用意しなくちゃいけないんじゃないかしらねえ。小蜜芋は、ちはるが考え出したって聞いたけど、まさか好評に気をよくして、季節を問わずに年がら年中出し続けたいなんて思ってやしないでしょうねえ。さつま芋のない季節になったら、どうするつもりなのかしら」

ちはるは、どきりとした。

慎介が顎に手を当て唸る。

「おれも、そろそろ小蜜芋の次を考えなきゃならねえと思っていたんだ」

たまおと綾人が顔を見合わせる。

「いったい何がいいのかしら」

「すぐには思いつきませんね」

　慎介がうなずいて、ちはるを見た。

「明日、天龍寺《てんりゅうじ》の慈照《じしょう》さまに相談してきてくれねえか。飯の上に餡を載せて召し上がるお人だから、何かいい案を思いついてくださるかもしれねえぞ」

　ちはるは、ぱっと満面の笑みを浮かべた。久しぶりに慈照に会えると思うと、心が弾む。

「泊まりのお客さまをお見送りしたら、行ってこい。帰りは、ゆっくりでいいぞ。ご両親の墓参りもしてこい」

　慎介は「いいですよね？」と怜治を見た。怜治がうなずく。

　ちはるは二人に向かって深々と頭を下げた。

「ありがとうございます」

　とんとんと表戸が叩かれた。

「吉之助でございます。おふさを迎えにまいりました」

　慣れた様子で表戸を引き開けて、吉之助が入ってくる。

「本日も大変お世話になりました」

　入れ込み座敷の前に立って辞儀をする吉之助をさえぎるように、おふさが立ち上がった。

「兄さん、今日は遅かったわね」

　吉之助はきょとんと首をかしげる。

「そうかい？　いつもより早いくらいじゃないかな」

「早く帰るわよ」

おふさは草履に足を突っ込むと、入れ込み座敷に向かって一礼し、足早に出ていった。吉之助が慌ててあとを追う。

「これ、おふさ、待ちなさい」

「兄さんが遅いのよ」

　遠ざかっていく兄妹の声に、ちはるの胸が小さくずきんと痛んだ。

　毎日迎えにくる吉之助とおふさの姿を見ると、やはりどうしても、血の繋がった家族の存在を思い起こさせられる。

　うらやましいという気持ちが、どろりと胸から溢れ出そうになってしまう。


　翌日、朝膳の片づけを終えると、ちはるは天龍寺へ向かった。

　時折冷たい風が吹くものの、高く昇った日の光の下で、冬晴れの町は明るく輝いている。行き交う人々の顔も生き生きとして見えた。

　懸命に通りを掃き清める大店《おおだな》の小僧、白い息を弾ませながら駆けていく棒手振《ぼてふり》、道具箱を担いで悠然と歩いている印半纏《しるしばんてん》の職人――遠くに、人々の頭からひょこんと突き出ている長い竹の先が見えた。煤竹《すすたけ》だ。

煤竹は、明日の煤払いに欠かせない道具である。天井まで届く長さの竹の、上のほうにだけ残した枝葉で、高い場所の埃《ほこり》を払うのだ。

毎年師走の十三日は将軍家の煤払いであり、千代田の城を始め、大名、旗本、御家人、町人もみな、この日に煤払いを行っている。

といっても、近頃の町屋では、将軍家への倣いよりも商売第一と、歳末の慌ただしさを見越して霜月《しもつき》（十一月）に煤払いを行う家もあるらしいが――。

朝日屋では、明日が煤払いとなっている。

月日の流れは本当に早いものだと、ちはるは感嘆の息をついた。

ついこの間、朝日屋に来たばかりという気がするのに、もうすぐ年越しだなんて――。

「厄落とし～、お厄を払いましょう～、厄落とし～」

煤竹売りの声が通りに響き渡った。

「今なら間に合う厄落とし～、煤竹はいらんかね～」

「一本おくれ！」

切羽詰まったような女の声が路地裏から上がった。煤竹売りが向きを変え、通りの端に寄っていく。

「あぁ、よかった。危うく買いそびれちまうところだったよ」

「おかみさん、運がいいねえ。この辺りを売り歩くのは、今が最後と思ってたんだ」

そんな話し声が聞こえる脇を通り過ぎて、ちはるは両国橋を目指した。

両国広小路へ出ると、青物市が開かれていた。採れ立ての大根や小松菜、水菜などが、ところ狭しと並んでいる。青物の前にしゃがみ込んで熱心に見入っている客の姿があちこちに見える。「買ってけ、買ってけ」と、けしかける売り手たちの声が聞こえてくる。

その後方に大きくそびえる見世物小屋はまだ眠っているようだ。見世物が始まったら、広小路はもっと大勢の人々で賑わうのだろう。川沿いに建ち並ぶ葦簀《よしず》張りの茶屋も、まだ静かだ。

見世物小屋に背を向けて両国橋を渡ると、滑るように水面《みなも》を行く荷船がたくさん見えた。眼下に広がる大川は、日の光を浴びて、きらきらと輝いている。

橋を越えて、右に折れると、じきに一ツ目橋が見えてくる。

一ツ目橋を渡り、竪川《たてかわ》沿いの道を進めば、やがてすぐに本所松井町一丁目――ちはるの実家、夕凪亭があった場所へ出る。

ちはるは竪川沿いの道を通らずに、天龍寺を目指した。

夕凪亭があった場所――今は憎き久馬の真砂庵《まさごあん》がある場所を、避けて進みたかった。

境内に入ると、まず両親の墓前へ向かった。

墓地を囲む常緑の木々が目に優しい。冬の冷気から死者たちを守るように枝葉を広げている木々の中で、赤い花を咲かせているのは山茶花《さざんか》だ。豊かな香りが、墓地を包み込むように漂ってくる。

ちはるは両親の墓前にしゃがみ込んで、手を合わせた。

おふさと、その兄の姿が頭の中によみがえってくる。

家族――。

もしも、ちはるに兄弟姉妹がいたら、今頃は暮らし方も違っていただろうか。たとえ離れ離れになって、別の場所に奉公したとしても、たった一人でも身内が生きていれば、おふさをうらやむことなどなかったのだろうか。

墓石を見つめ、土の下に眠る両親の顔を思い出そうとしたが、なぜか上手くいかなかった。笑顔ではなく、苦しんだ死に顔を思い出してしまいそうで、心のどこかで「思い出したくない」と思ってしまったのかもしれない。

墓前で手を合わせながら、ちはるは大きく息をついた。

朝日屋で働くことができて、自分は幸せ者なのだ。間違いなくそう思っているはずなのに、恨みや妬みが胸の内から消えない。時折やるせなさが募る。

すんと小さく鼻をすすった時、背後から白檀《びゃくだん》の香りが漂ってきた。かすかに、餡の甘い香りも混じっている。

「慈照さま――」

ちはるは立ち上がった。

振り向けば、天龍寺住職の慈照が端正な顔に微笑を浮かべて、じっとちはるを見下ろしていた。

「久しぶりだね」

ちはるは笑ってうなずいた。

だが、急に泣きたくなってしまって、笑顔がゆがんだ。

きっと、物心ついた頃から知っている慈照の顔を見て、無性に安堵したせいだ。

それと、もうひとつ——慈照も身寄りがないと知っているからだ。

十七年前、慈照は十の時に親を亡くして、天龍寺に引き取られた。以来、前住職であった慈英《じえい》の後継として育てられてきたが、人知れず庫裡《くり》の裏で泣いた日々もあったのだという。

孤独なのは自分だけではない。肉親を亡くして、つらい思いをしたのは慈照も同じ——いや、慈照のほうが、自分よりも長く孤独に耐えてきたのだという気持ちが、ちはるをたまらなく安堵させた。

むろん、人の不幸を喜びたいわけではない。しかし、同じ境遇の者がいると思うと、少し救われたような気持ちになるのも事実だった。

そんな自分の心根を情けなく感じてうつむいていると、苦笑ともつかぬ慈照の小さなため息が聞こえてきた。

「ひどく疲れているようだ。中へ入って、ひと休みしなさい」

ちはるの心をすべて見透かしているような表情で、慈照は目を細めた。返事を待たずに踵《きびす》を返し、法衣《ほうえ》の裾を風にひるがえしながら庫裡のほうへ歩いていく。

その後ろ姿を追って、ちはるも歩みを進めた。


庫裏の一室で火鉢に当たりながら、ちはるは慈照と向かい合った。

「なるほど、小蜜芋の次の菓子――とな」

天龍寺へ来た経緯を話すと、慈照は顎に手を当て宙を眺めた。

「新春を感じさせる物といえば、やはり梅――梅びしおを使って何かできるやもしれぬが――」

梅びしおとは、梅干を水に浸けて塩気を抜き、その果肉を裏ごしして砂糖を加え、煮詰めた物である。

「確かに、甘くした梅であれば、お菓子に使えますね」

慈照がうなずく。

「梅と餡も、よく合うだろう。甘すぎず、さっぱりとした風味になるのではないかな」

ちはるの口の中に唾が溜まった。

「ああ、でも、さっぱりとした甘さの梅餡であれば、梅雨の時季に食べたい気もします」

慈照が「うぅむ」と唸る。

「この時季の物となると──おお、そうだ、ちょっと待っていなさい」

慈照は立ち上がると、足早に部屋を出ていった。

盆の上に蜜柑と器と箸を載せて、すぐに戻ってくる。座り直して差し出された器の中を見ると、粒餡が入っていた。

「えっ──まさか──」

思わず眉をひそめたちはるに向かって、慈照は得意げな笑みを浮かべる。

「蜜柑と餡も、けっこう合うのだよ。檀家から蜜柑をもらうと、仏さまにお供えするのだが──そのお下がりをいただく時に、餡と一緒に食べることもある。小さな蜜柑であれば、握り飯の具にするように、蜜柑を餡で包むのだ。時折寺へ来る小さな子供たちも、喜んで食べているよ」

「はあ……蜜柑の餡握りですか……」

慈照は嬉しそうに笑みを深めた。

「年が明ければ、やがて蜜柑も時季外れになるだろうが、さつま芋よりは、いかにも冬という感が薄れるのではないかな。夏になれば、夏蜜柑もあるのだし。桃や林檎《りんご》と餡を合わせても美味いのだよ」

さすが、白飯の上に餡を載せて食べるほどの餡好きである。何でも餡と合わせてしまうらしい。

慈照が蜜柑の外皮をむき始めた。ひと房、ふた房と、粒餡の入った器に蜜柑を半分ほど入れる。

「食べてごらん」

差し出された器と箸を、ちはるは恐る恐る手にした。

甘い餡と一緒に食べたら、蜜柑が非常にすっぱく感じられてしまうのではないだろうか――。

だが、漂ってくる餡と蜜柑の甘い香りは喧嘩せず、心地よく絡み合っている。

慈照に笑顔で促され、ちはるは粒餡と蜜柑を一緒に頬張った。

「あ――」

ちはるは目を見開いた。

思ったよりも、蜜柑が甘く感じる。噛んで、じゅわりと染み出た蜜柑の汁が、心地よく餡に混ざっていく。粒餡の舌触りが少々気になるか――こし餡にしたほうがいいだろうか――小さな蜜柑を選んでも、丸ごと餡で包んで、どんと皿に載せて出すのは見た目がどうか――ただの黒い饅頭や、大きな牡丹餅《ぼたもち》のように見えてしまわないだろうか――慈照がやってくれたように、外皮をむいて餡に混ぜ――羊羹《ようかん》にするのはどうか――。

「よい顔つきになったな」

ちはるは口角を引き上げて、まっすぐに慈照を見た。

「ありがとうございます。慈照さまのお知恵を、きっと活かします」

慈照は微笑みながら頭を振った。

「知恵というほどのものではないよ。あとは慎介さんに相談しなさい」

「はい」

ちはるは器の中の餡と蜜柑をすべて平らげた。

慈照が淹れてくれた茶を飲んで、ほうっと息をつく。

障子から差し込む柔らかな日差しが心地よい。久しぶりに、のんびりとした気分になった。

「ここへ来て、よい気晴らしになったようだな」

湯呑茶碗から顔を上げると、慈照がしみじみと目を細めていた。

「先ほど話に聞いた、おふさという娘のことで、この頃いら立っていたのだろう？」

言われて初めて、ちはるは慎介の心遣いに気づいた。

そうだ――きっと、そうだ――慎介が天龍寺へ行ってこいと言ったのは、新しい菓子の相談のためだけではなかったのだ――。

「おまえは本当に、よい師匠に恵まれた」

「はい――」

　心から、ちはるは答えた。

「慎介さんは、最高の師匠です」

　おふさへの複雑な思いも見抜いていたに違いない。慎介だけでなく、きっと怜治も――。

「あたし、身寄りがなくなったことを、もう悲しんだりはしません」

　言ってから、ちはるは自信なげに首をかしげた。

「いや、やっぱり、おとっつぁんとおっかさんが死んだことは悲しいから、また泣いたり、うらやんだりするのかもしれませんけど――久馬への恨みだって、消えてないですし――」

　ちはるは「だけど」と上を向く。

「朝日屋にいられるようになった、この巡り合わせには感謝しないといけないですよね。いつまでもくよくよしていちゃ、おとっつぁんとおっかさんも、あの世で心配するだろうし」

　おふさと、その兄の姿の上に、ちはるは両親の姿を重ね合わせた。今度は、しっかりと両親の笑顔を思い浮かべることができた。

「心配してくれる兄さんに悪態をつくおふさのこと、何て嫌なやつだと思っていたんです。でも、本当は、うらやましくて仕方なかった――だから、よけいに、おふさが嫌だったたんです」

慈照の前で本音を吐き出して、ちはるの心が軽くなった。

「これからは、怜治さんに言われたように、あまり斜に構えないでおふさを見るように努めてみます。おふさだって、甘えられるとわかっているからこそ、兄さんへの態度が悪いんでしょうしね。毎日おふさを迎えにくる吉之助さんは、ちょっとお気の毒ですけど――」

慈照は口角を引き上げてうなずいた。

「親の心子知らず――ならぬ、兄の心妹知らず――だな」

その声は、まるで、どこか痛みをこらえているようだった。

よほど心配させてしまったのだと、ちはるは反省する。一日も早く、幼い頃から見守ってきてくれた慈照に安心してもらえるようになりたい。

「あたし、もう大丈夫です」

胸を張って言えば、慈照はゆるりと首を横に振った。

「大丈夫だと言う者の言葉ほど、信用できぬものはないよ」

「でも、本当に――」

「ちはる」

慈照が静かに、ちはるをさえぎった。

「ここを実家だと思いなさい。おまえが帰る場所は、ここにもあるのだと思っていなさい。

もし朝日屋にいづらくなった時は、いつでも、ここへおいで。いつでも、わたしが、ここにいるのだから」

障子越しに入ってくる柔らかな光の中で、慈照が優しく微笑んだ。その笑みは、慈悲深い仏のようだと、ちはるは思った。

幼い頃に、親子三人で本堂の釈迦牟尼仏《しゃかむにぶつ》像を拝んだことを思い出す。

「もう少しゆっくりしていけるのなら、蕎麦《そば》がきでも作ってあげよう。これも餡をかけて食べると美味しいのだが、昼餉《ひるげ》にするのであれば、青物と一緒に煮て醤油仕立ての汁物にするのがよいかな」

ちはるは思わず、ごくりと唾を飲んだ。

先ほど食べた蜜柑と餡が誘い水となってか、昼飯時が近づいてきたからか、腹が空いてきた。

「一緒に作らせてください」

ちはるが申し出ると、慈照はにっこりと笑みを深めた。

朝日屋へ帰り、蜜柑と餡を使った菓子はどうかと伝えると、慎介は納得したようにうなずいた。

「確かに、蜜柑も今の時季の物だが、焼き芋よりは冬っぽくねえかもしれねえな。桃や林檎に餡をかけて食べるのも、いいかもしれねえ」

「蜜柑にも餡をかけて出しますか？　皮をむいて、器によそって――」

　慎介が首をひねった。

「見た目がどうかな。ひと房ずつむく手間もあるしよ。おめえが考えたように、羊羹にするのがいいかもしれねえぞ。あとで試してみよう」

「はい」

　今は夕膳の支度に入る。ちはるは大根の皮をむいた。

　本日の夕膳は、鰤の刺身、烏賊と葱の酢味噌あえ、味噌漬け豆腐、揚げ出し大根、白飯、にらと卵の澄まし汁。食後の菓子は小蜜芋だ。

　支度が整ったところで、綾人が表の掛行燈に火を灯す。

　食事処を開くと、次々に客が入ってきた。夜の冷えた町を歩いてきたせいか、みな暖簾をくぐると同時に、ほっと顔をゆるませている。火鉢で温めておいた入れ込み座敷へ早く上がりたいと、気が急《せ》いているように見えた。

　綾人、たまお、おふさが手際よく客たちを席へ案内していく。すぐに運ばれていく酒と膳に、客たちは満面の笑みを浮かべた。料理を食べた客から順に、笑みが深まっていく。

　ちはるは慎介とともに手を動かし続けた。

　食べ終えた客が帰ってゆけば、新しい客がまた入ってくる。

入れ込み座敷では、たまおとともに、おふさがきびきびと動き回っていた。

仕事中のおふさの表情は真剣だ。客の様子もよく見ているようで、酒を追加したい客や、新しい手拭きが欲しい客などを見極めて、自分から声をかけていた。

ちはるは負けじと手を動かし続ける。鍋の様子に目を配り、料理のにおいを確かめて、膳の上の器の位置を整えた。

おふさが新しい膳を取りに調理場へ入ってくる。

「お運びいたします」

「お願いします」

すんなりと素直に声が出せた。おふさに対する声がけの中で、一番気持ちのいい声だったのではあるまいか。おふさも何か感じ取ったのか、一瞬戸惑ったように、ちはるの顔を見た。何か言いかけるが、そのまま口をつぐんで、ただこくりとうなずく。

今までよりもほんの少し、おふさと心が通い合った気がした。

おふさは踵を返して、入れ込み座敷へ戻っていく。

その後ろ姿を見送りながら、ちはるは口角を引き上げた。

隣に立つ慎介を見れば、慎介もまた満足そうに口角を引き上げている。

天龍寺へ行く前と、行ったあとで、何かが変わったのは間違いない。

ありがたいと、ちはるは思った。

食事処を閉めて賄を食べ終えると、おふさは迎えにきた吉之助とともに帰っていった。

「さて、片づけるか」

慎介の言葉に、ちはるは空いたどんぶりを下げた。

夜の賄は、鰤の刺身を醬油漬けにして白飯の上に載せた物だったが、みなに好評だった。好き嫌いが多いおふさも黙って頰張っていた。

「それじゃ、たまおを送ってくるぜ」

怜治とたまおが入れ込み座敷に立ち上がる。

「ちはるちゃん、お先にごめんね」

「とんでもないです。お疲れさまでした」

二人が草履を履いていると、表戸が強く叩かれた。どんどんっと何度も戸が激しく音を立てる。

「何だ、今時分に？」

怜治が不機嫌な声を上げて、戸を引き開けた。転がり込むように、吉之助が入ってくる。

「おい、どうした。さっき帰ったばかりじゃねえかよ」

「おふさが！　おふさが、いなくなりました！」

ちはるは思わず調理台を拭く手を止めた。

調理場を出ると、切羽詰まった表情の吉之助が土間で怜治にしがみついている。

「吉之助、とにかく落ち着いて話せ」

慎介が湯呑茶碗に水を汲んで、吉之助のもとへ運ぶ。吉之助は入れ込み座敷に座り込むと、気を静めるように水をあおった。

「室町《むろまち》を出て、すぐのところで、おふさの仲間に声をかけられたんです」

怜治が眉をひそめて、吉之助の前に腰を下ろした。

「待ち伏せされていたのか」

吉之助は「おそらく」と言いながら、何度もうなずいた。

「男が二人に、女が一人——久しぶりに飯でも食おうじゃないかと、おふさを誘ってきました。すぐさまわたしが断ったのですが、おふさはそれに腹を立てまして——『わたしのことなのに、何で兄さんが返事をするのよ』と——」

吉之助は湯呑茶碗を握りしめる手を震わせた。

「実は、声をかけられる前に喧嘩しておりましたもので、おふさの癇癪《かんしゃく》に火がついてしまいました。怒ってわたしを突き飛ばし、わたしがよろけた隙に、仲間を引き連れて駆けていってしまったのでございます」

怜治が吉之助の顔を覗き込む。

「喧嘩の原因は何だ？」

吉之助はためらうように、ちらりとちはるを見た。

「ちはるさんを見習えと申したのでございます。おふさとは歳がひとつしか違わぬのに、ちはるさんは立派に働いている。おふさも地に足をつけて、ちはるさんのように頑張れと——励ましたつもりだったのでございますが、うるさい説教にしか聞こえなかったようで——『ちはると比べられても困る』と叫ばれました」

怜治は後ろ頭をかきながら宙を仰いだ。

「ひょっとして、彦兵衛さんも日頃からそんなことを？」

「はい。祖父も、祖父から話を聞いた両親も、ちはるさんには感心しておりまして。おふさにも、ちはるさんのようにしっかりして欲しいと——」

怜治は盛大なため息をついた。

「それだな」

吉之助はきょとんと目を瞬かせる。怜治は呆れ顔になった。

「そんなふうに比べられて喜ぶ者はいねえだろう。おまえだって、商売敵の跡取りと比べられて優劣つけられたら嫌だろうがよ」

「それは、そうですが——しかし、おふさはこれまで遊び歩いてばかりいて——」

「今は違うだろう？　うちでは真面目に働いているぜ」

吉之助は口ごもる。

「それにな、ちはるだって、まだまだしっかりなんかしていねえぞ。やっと今を生きようとし始めたばかりだ。苦しんで、苦しんで、ようやく前を向いたところなんだよ」

吉之助は決まりが悪そうな顔で目を伏せた。

「ご両親を亡くして、朝日屋へ奉公にきたという話は耳にしております。おふさにもその話をしましたところ、『わかってる』と不機嫌になりまして――」

吉之助は申し訳なさそうに、再びちらりとちはるを見た。

「すみません。つい、事あるごとに『ちはるさんは頑張っているんだ。それに比べて、おふさはいったい何をしているんだ』と、家のみんなで小言を――歳が近いので、引き合いに出しやすくて――」

ああ、なるほどと、ちはるは思った。なぜ、おふさの態度が自分にだけ悪かったのか、やっと合点がいった。

ちはるの境遇を、おふさがいつから知っていたのかわからないが、何かあるたびにちはるの名を出されて説教され続ければ、ちはるへの同情を通り越して嫌になってしまうだろう。

「家には報《しら》せたのか？」

怜治の問いに、吉之助はうなずく。

「父も、祖父も、家の奉公人たちも、みんなでおふさを捜しております。もし万が一にも朝日屋さんへ来ていないかと、とりあえず、わたしはこちらへ伺った次第で」

「ったく、仕方ねえなぁ」

怜治は面倒くさそうに立ち上がった。

「おれも捜しにいってやるぜ。おふさに声をかけてきた連中の顔と名前はわかっているんだろうな？」

「はい。よく両国でたむろしている連中らしく、悪い噂が――」

吉之助の話に耳を傾けながら、怜治は草履に足を突っ込んだ。

「綾人も来い。たまおは今晩ここへ泊まれ。慎介とちはると、三人で留守番をしていてくれ。橘屋から報せが入るかもしれねえ」

「わかりました。怜さまも、綾人も、気をつけて」

「おう」

ちはるたちは入れ込み座敷に座って、おふさが無事に見つかるのを待った。

じりじりと夜が更けていく。

このまま朝になってしまうのではなかろうかという気持ちが募っても、怜治たちは帰ってこない。

「まだ見つからないんでしょうか」

入れ込み座敷に小さく響いた自分の声が、やけに不安げに聞こえて、ちはるはため息をついた。何度戸口を見ても、人の気配は近づいてこない。

「お茶でも淹れるわね」

と、たまおが立ち上がった時、外から声が聞こえた。たまおは動きを止めて、戸口を振り返っている。ちはるも戸口を凝視した。

外から大きく戸が引き開けられる。顔を出したのは、怜治だった。しっかと、おふさの腕をつかんでいる。

「ああ、よかった――」

思わず上げたちはるの声が尻すぼみになった。

おふさの顔つきが、明らかにいつもと違う。唇を嚙みしめて、今にも泣き出しそうだ。怯えているように時折目が泳いだ。足元がふらついている。怜治が支えていなければ、その場に崩れ落ちてしまうのではないだろうか。

襟元が大きく乱れている。まるで乱闘にでも巻き込まれたかのような――。

たまおが黙って調理場へ行き、茶を淹れた。

戸を閉めた怜治に、慎介が首をかしげる。

「綾人はどうしたんで?」

「橘屋へ走らせている。すぐに迎えがくるだろう」

怜治に促され、おふさは入れ込み座敷へ腰を下ろした。

「少しは懲りたか」

たまおが運んできた茶を飲みながら、怜治が口を開いた。

「おまえが遊び仲間だと思っていた連中は、おまえを世間知らずの馬鹿だとしか思ってねえってことが、よくわかっただろう。退屈しのぎにつき合って、もてあそんで傷物にして、『娘の醜聞をばら撒かれたくなければ金を出せ』と、橘屋を脅すつもりだったのさ」

おふさは震える口を開いた。

「最初から……？」

「だろうな」

怜治は即答する。

「家の厳しい躾《しつ》けにうんざりしていたおまえに同情するふりをして、陰で笑っていやがったのさ。『この甘ったれが』ってな」

おふさは、ぎゅっと目を閉じた。涙がひと粒ぽろりとこぼれ落ちる。

「あいつらのこと、わたしも馬鹿だと思っていたの。だけど、気のいい連中だとも思ってた。小さい頃、近所に住んでいた、おきねちゃんもいたし――おきねちゃんの親が店を畳んで、引っ越してしまってから、何年かぶりに再会して――」

「そのおきねは、男たちがおまえを連れ込み宿へ無理やり引っ張っていった時に、いったい何をしていた？　笑って見ていたんだろう？」

おふさは顔をゆがめて唇を引き結ぶ。目から涙が、もうひと粒こぼれ落ちた。

怜治がおふさの額を右手の中指でぴんと強く弾いた。

「痛っ」

「目ん玉よぉく引んむいて、周りをよく見な」

表戸のほうへ怜治が顎をしゃくった。おふさは額を押さえながら戸口へ顔を向ける。がやがやと声が聞こえた。地面を擦《す》るような足音が次第に近づいてくる。

「おふさっ」

外から戸が引き開けられると同時に、悲鳴のような声が上がった。

数人の男女がもつれ合うようにして土間へ駆け込んでくる。おふさが立ち上がった。

「おとっつぁん――おっかさん――」

おふさの兄の吉之助も、祖父の彦兵衛もいた。奉公人らしき年配の男女も、そのあとから転がり込んでくる。

「おふさ、無事でよかった――」

橘屋の一同が、おふさを取り囲んだ。おふさは泣きべそをかきながら、両親に抱きつかれている。

「いなくなったと聞いて、本当に心配したんだよ。綾人さんに、おふさが見つかったと聞いて、どんなに安堵したことか――」

「朝日屋さんに助けてもらわなければ、今頃どんな目に遭っていたか、わかっているのか⁉」

両親にぎゅうぎゅうと抱きしめられて、おふさはうなずいた。

「ごめんなさい。わたし――」

おふさは言葉を続けられず、両親の腕にしがみついて泣き崩れた。

その姿を見て、やはりうらやましいと思ったが、ちはるの胸の中は以前よりも凪《な》いでいた。よかったと、素直にそう思えた。

おふさの父が怜治の前に手をついて、深々と頭を下げる。

「ご挨拶が遅くなりまして、申し訳ございません。橋屋彦太郎《ひこたろう》でございます。このたびは、おふさを助けていただきまして誠にありがとうございました」

怜治は鷹揚にうなずいた。

「まあ、うちの仲居のことでもあるからよ」

怜治はおふさに目を移した。

「おい、正式に、朝日屋の仲居になる気はあるのか？」

おふさは彦太郎の隣に並んで居住まいを正した。

「どうぞよろしくお願いいたします」

おふさは両手をついて深く頭を下げた。橘屋の一同がそろって低頭する。

怜治はたまおに顔を向けた。

「八枚目の前掛を、おしのに頼んでおいてくれ」

たまおはにっこり微笑んだ。

「承知しました。明日にでも、さっそく」

怜治はにやりと笑って、ちはるを見た。

文句はねえな？　そう目で問うてくる。

ちはるは大きくうなずいた。

もちろんですよ。そのうち、おふさに、あたしの料理を美味いと言わせてみせますからね。絶対に、あたしの味を認めさせてみせますとも――。

心の中で言い返しながら、ちはるは大きく胸をそらした。

明日も励んで、客のために料理を作るのだと意気込む。

第三話　おかげ参り

「おい、まだ犬がいるぜ」

表口から上がった声に、ちはるは振り向いた。

大きく開いた戸の間から、ひゅーっと冷たい風が吹き込んでくる。左右の入れ込み座敷を突っ切る通路を、まっすぐに調理場まで進んできた。ちはるは思わず首をすくめる。

戸口には、食事処の最後の客二人が並んでいた。その後ろから、綾人が外を覗き込んでいる。

「あれは、おかげ犬ですね。首に『代参』と書かれた小さな木札をつけています」

綾人の言葉に、ちはるは目を見開いた。

おかげ犬とは、事情があって参拝できない飼い主の代わりに、伊勢《いせ》などへ詣でる犬のことである。代参犬とも呼ばれていた。

「あいつ、おれのあとをついてきちまったんだよなぁ」

客の一人が後ろ頭をかいた。

「気がついたら、後ろを歩いてたんだ。朝日屋の前まで来たら、戸口から少し離れたところにちょこんと座ってよ。ひと休みしたら、どっかへ行っちまうと思ってたんだが――」

もう一人の客がしゃがみ込む。

「おい、こっちに来な。――よしよし、可愛いやつだ。おかげ犬とは、たいしたもんだぜ。ちいせえ風呂敷包みまで背負ってよぉ。おまえは偉いなぁ」

「おかげ犬だと？」

二階から下りてきた怜治が戸口へ向かった。

「どっから来たんだ、こいつは」

怜治がかがんで、犬が身につけていた小さな風呂敷包みをはずした。中に入っていた文を開いて、感心したように「へえっ」と声を上げる。

たまおとおふさが入れ込み座敷を片づけていた手を止めて、いそいそと土間へ下りた。二人とも「気になって仕方がない」という表情をして、犬に近づいていく。

ちはるも慎介とともに戸口へ向かった。

「こいつは獅子丸《ししまる》っていうんだとさ。小柄な犬に、たいそうな名前をつけたもんだぜ」

怜治と客たちの間から、ちはるは犬を見下ろした。つぶらな瞳が可愛らしい、赤毛の犬である。がっしりと引きしまった体つきをしているが、確かに、あまり大きいとは言えない。

「病に倒れた飼い主の平癒《へいゆ》祈願で、伊勢を目指して草加《そうか》から出てきたんだとよ。『どうか獅子丸をよろしくお願いいたします』と、道中での助けを乞うているぜ。風呂敷の中にわずかな銭が入っているが、誰かに盗《と》られたりしてはいないようだな」

「そりゃ当たり前さ、旦那」

客が呆れたような声を上げる。

「おかげ犬に無体を働く者なんざいねえよ。こいつは飼い主のために、はるばる伊勢まで旅をして、平癒祈願をしてくるんだろう？　親切にしてやらなきゃ、罰《ばち》が当たる」

「そうさ。おかげ犬を世話してやれば、徳が積めるぜ。朝日屋に泊めてやりなよ」

怜治が、ぎょっとしたように目を見開いた。

「うちにか⁉」

客たちは「当然」と言わんばかりに大きくうなずく。

「たまには珍客を泊めたっていいだろう」

「そうさ。二階の座敷じゃなくたっていいんだ。土間の隅で休ませてやりゃいいんだよ」

怜治は渋い顔をした。

「しかし、他の客たちが何て言うか――隣近所に迷惑をかけてもいけねえしよ」

怜治の懸念はもっともだと、ちはるは思った。

朝日屋は、田舎の平野に一軒ぽつんと建っている、だだっ広い宿ではない。大勢の人々で毎日賑わう、お江戸日本橋の中の小さな宿なのだ。

犬は土間に置けばよいといっても、一階には食事処や調理場がある。もし犬が調理場を荒らしたり、入れ込み座敷へ上がり込んで客の料理を食べたりしたら、大変だ。また、夜中に吠えられても困る。二階の泊まり客や、隣近所の者たちが、眠れなくなってしまうだろう。

客の二人は左右から怜治の背中をぽんぽんと叩いた。

「おかげ犬を放り出したら、朝日屋の評判が地に落ちるぜ」

「ああ、そうさ。おかげ犬に冷たい宿へ泊まりたい旅人なんかいるもんか。おかげ犬も旅の仲間だと思っている者は大勢いるだろうからなぁ」

怜治は舌打ちをした。

「あんたら、自分の家に泊めてやろうとは思わねえのか」

二人はそろって肩をすくめる。

「残念だが、壁の薄い長屋暮らしでね。隙間風が、ぴゅーぴゅー吹くんだ。うちなんかに呼んじまったら、おかげ犬に申し訳ねえ」

「うちの隣には、ひどい犬嫌いが住んでいるのさ。こっちも壁の薄い長屋だから、おかげ犬が、犬嫌いのにおいを嗅ぎ取っちまうだろう。そりの合わない者がいる長屋じゃ、おかげ犬もゆっくり休めねえさ」

「江戸の町に『おかげ犬を追い出せ』なんて言うやつはいねえよ」

「おれたちも、あちこちで『朝日屋は、おかげ犬にも優しい。情け深くて、いい宿だ』って言っといてやるからよ」

もう一度ぽんぽんと怜治の背中を叩いて、客たちは足早に帰っていった。

怜治は後ろ頭をかく。

「ったく――何度も耳元で『おかげ犬』とくり返しやがってよぉ」

土間に集まっていた奉公人一同を見回して、怜治はため息をついた。

「どうやら、うちに獅子丸を泊めなきゃならねえようだ」

獅子丸は立ち上がると、怜治の足元に座り直した。まるで「よろしくお願いします」と言わんばかりに怜治を見上げ、しっぽを振っている。

慎介が獅子丸を見下ろして苦笑した。

「おかげ犬ですから、仕方ありませんね。調理場に入り込んでいたずらをするようなら、紐《ひも》で繫ぐしかねえが――まあ、様子を見ましょう。土間でおとなしくしていられねえなら、おれの部屋へ連れていってもいい。子供の頃に犬を飼っていたんで、世話は任せてください」

獅子丸は「ご迷惑はおかけしません」とでも言っているように慎介を見上げて、土間の隅へ向かった。壁際に伏せて、じっとする。

おふさが獅子丸の前にしゃがみ込んだ。

「おまえ、本当にいい子ねえ」

優しく声をかけながら、おふさは獅子丸に手を伸ばした。長い道のりを歩いてきた労をねぎらうように、顎や背中を撫でさする。前足や後ろ足も揉みほぐした。

獅子丸は気持ちよさそうに、うっとり目を閉じている。

「お腹は空いていないのかしら」

おふさの言葉に、ちはるは慎介と顔を見合わせた。

「犬って、何を食べるんでしたっけ？」

「おれが粥《かゆ》を作る。だが、その前に水をやろう」

「あたしたちも賄を食べないと――」

調理場へ戻り、急いで支度する。

本日の賄は、鯖の味噌煮と握り飯だ。握り飯は、白飯に鰹節と炒り胡麻を混ぜて握った物である。

慎介が調理台の前に立ち、青物の切れ端を手にした。大根と人参を細かく切っていく。

ちはるは目を丸くした。

「犬って、大根や人参を食べるんですか？」

「滋養がつくように、鯖と鰹節も入れてやる」

「味つけは？」

「いらねえ」

慎介が手早く小鍋で作った犬用の粥は、実に美味そうだった。白飯に、細かくした大根、人参、鯖、鰹節が混ぜ込まれ、やわらかく煮込まれている。醤油などで味をつければ、人が食べても美味しいだろう。

「犬の餌なんて、白飯に鰹節を載せてやればいいんだと思っていました」

慎介は笑ってうなずく。

「まあ、そんなんで済ませる飼い主も多いかもしれねえな。白飯に、ただ味噌汁をぶっかけたりよ。うちは親父も料理人だったから、犬の餌もわりと豪勢だったのかもしれねえ。人が食べる汁物の具をちょいと取り分けて、犬の粥に使っていたんだが、そんなのは手間だとも思わなかった。料理を作ることに、家の者はみんな慣れていたんだ」

「幸せな犬ですねえ」

慎介は嬉しそうに目を細める。

「餌がよかったせいか、長生きはしたな」

ちはるは土間の隅へ目をやった。

さっき水を運んでいったおふさに撫でられて、すっかりくつろいでいる獅子丸の姿が見える。

草加から伊勢を目指している獅子丸は、いったいどんな暮らしをしていたのだろう。獅子丸も、やはり幸せな飼い犬なのだろうか。

病に倒れた飼い主のため、日光街道をひたすら歩いて江戸まで辿り着いたのだから、たいした忠犬だ。この先も、飼い主のために、ひたすら歩き続けるのだろうか――。

「さあ、できたぞ」

よく冷ました粥を運んでいくと、獅子丸はひょこっと立ち上がって嬉しそうにしっぽを振った。「食べていいんですか？」と聞くように、慎介のほうをじっと見つめる。運んでいったのは、ちはるなのに、慎介が作ったとわかっているようだ。

慎介が獅子丸の前に立つ。

「食べな」

小さく「わん」と吠えて、獅子丸は餌を食べ始めた。一心不乱に食べ進め、あっという間に平らげる。

慎介がしゃがみ込んで、獅子丸の頭を撫でた。

「よっぽど腹が減っていたんだなあ。何日前に草加を出たのか知らねえが、きっと、毎日ちゃんとは食べられていなかったんだろう」

獅子丸は水を飲んでから、再び土間の隅に伏せた。ぺたんと顔を床につけて、目を閉じる。疲れ切っていたところ、満腹になって安心したのか、そのまま眠りに就くようだ。

ちはるはそっと獅子丸のそばを離れて、調理場に戻った。今度は人が食べる賄を、入れ込み座敷へ運んでいく。

寝入った獅子丸を起こさぬよう、みな静かに車座になって、賄を食べた。

鯖の味噌煮に箸をつける時も、皿から握り飯を取る時も、物音をいっさい立てぬよう気をつけた。茶を飲む時も、息を殺すようにして――。

食べ終えると、みな一斉に獅子丸のほうを見た。ぴくりともせずに、よく眠っている。

みな同時に、ほっと安堵の息をついた。

不意に表戸が叩かれる。

「吉之助でございます。おふさを迎えにまいりました」

おふさは目を吊り上げて、入れ込み座敷から飛び下りるように戸口へ向かった。

「静かにしてよ！　獅子丸が起きちゃうじゃない！」

息を吐くような小声で兄を叱りつけながら、おふさは土間の隅を指差す。吉之助は戸惑い顔で首をかしげながら、指差されたほうを見て、声を出さずに「あっ」と口を開けた。

おふさが吉之助の耳元でささやく。

「おかげ犬よ。伊勢へ向かっている途中なの。明日、うちの古い座布団を持ってきてやってもいいかしら」

吉之助はうなずいた。

「だけど、すぐに江戸を立つんじゃないのかい？　寝心地のいい座布団に慣れてしまったら、伊勢までの道中が、かえってつらくなるんじゃないだろうか」

おふさは虚を衝かれたように唇を引き結んだ。胸の前で拳を固めて、じっと獅子丸を見つめる。

「でも——ここは旅籠だもの。旅の贅沢も許されるんじゃないかしら。人だって、旅の空では、いつも食べないご馳走に舌鼓《したつづみ》を打ったりするでしょう？『今日は特別だ』って——」

獅子丸を精一杯もてなしてやらねば気が済まない様子だ。

吉之助は肩をすくめる。

「朝日屋さんがお許しくださるのなら、わたしも文句はないよ」

おふさはすがるような目で怜治を見た。怜治はわずかに逡巡の色を見せたが、やがて苦笑しながらうなずく。

「この先の厳しい旅路を乗り越えるためにも、うちでしっかり休養させておきな。だが、もう二度と旅に出たくねえと、なまけ心を起こさせるようなもてなしは駄目だぜ。獅子丸は、おまえの飼い犬じゃねえんだ。立派なお役目を果たさなきゃならねえ、おかげ犬だということを忘れるな」

「はい！」

おふさは小声で返事をすると、吉之助の手を引っ張って帰っていった。獅子丸の寝床にするための座布団を早く確かめたいのだろう。

怜治が「やれやれ」という顔で、たまおを送っていく。

ちはるは調理場を片づけると、自室へ入る前に、もう一度土間の隅へ向かった。

獅子丸はぐっすりと眠り込んでいる。ちはるが目の前にしゃがみ込んでも、まったく気づかない様子で眠り続けていた。ちはるの後ろから慎介と綾人が覗き込んでも、微動だにしない。

よほど疲れているのか――。

飼われている家の周辺と、その近所の者たちしか知らぬ犬であったなら、歩いてきた道のりよりも、見知らぬ旅人たちの中を進む気疲れのほうが大きかったかもしれない。いたずらっ子たちに石を投げつけられる災難などはなかっただろうか。

草加から日本橋までの道中よりも、日本橋から伊勢までの道中のほうがはるかに長くて険しい。朝日屋を出たあとの旅路を想像すれば、哀れにも思えてくるが、仕方ない。

せめて朝日屋にいる間は安らかに過ごしてほしいと、ちはるは思った。


翌朝は、魚河岸で活きのいい鱈にお目にかかった。目が澄んでいて、まだら模様が濃い。面構《つらがま》えもよく、張りのある立派な体つきである。三尺（約九〇センチメートル）はあろうか。海の中を悠々と泳ぎ回っていた姿が目に浮かぶようだ。

「こいつぁ常陸《ひたち》の沖で獲れた鱈だ」

仲買人の鉄太《てつた》が腕組みをして胸を張った。

「鱈といえば、江戸では新鱈《しんだら》や干鱈《ひだら》がよく出回るがよ。見ての通り、うちには、常陸辺りで獲れた生鱈がたまに入ってくるのさ」

新鱈とは、真鱈の腹を裂かずに、壺抜きという技法で内臓を取り出し、塩漬けにした物である。「腹を裂く」ことは切腹に繋がるため、武家では忌み嫌われている。よって腹を裂かずに作る新鱈は武家で重宝され、正月の縁起物のひとつとされていた。冬になると、松前《まつまえ》などから新鱈が江戸へ多く運ばれてくるのである。

また、干鱈とは、乾物の鱈であり、新鱈が作り出される以前から松前や越後で盛んに作られ、江戸へ運ばれていた。

「今朝入ってきたこの生鱈は、おれでも驚くくらいの上物だ。これまでの物とは、ちょいと格が違う。かなり値が張るぜぃ」

びた一文まけてはやらぬぞと言わんばかりに、鉄太は鼻息を荒く飛ばした。

雄々しい鱈の顔を見つめて、ちはるは小さなため息をつく。

「仕方ありませんね。獅子丸にも食べさせてやりたかったけど、あんまりにも値が張るんじゃ――」

慎介も残念そうにうなずく。

鉄太が「ん？」と首をかしげた。

「また新しい奉公人が入ったのか？　橘屋の娘が仲居になったって話は聞いたがよ」

「あ、いえ、獅子丸は犬です。飼い主の平癒祈願で、伊勢を目指している最中なんです」

鉄太が目を丸くした。

「朝日屋に、おかげ犬が泊まってんのか！　もちろん無料《ただ》で世話してやってんだろうな？　おかげ犬は粗末に扱っちゃならねえ。飼い主が銭を持たせていたとしても、そいつを使っちゃならねえぞ」

「もちろんです」

即答するちはるに、鉄太は重々しい表情でうなずいた。そのまま鱈に目を落として、う～んと長い唸り声を上げる。

「仕方がねえ。出せるだけ出しな。足りねえ分は、おれからの施しだ。施行《せぎょう》で徳を積むのも悪くねえ」

「えっ――」

「おかげ犬に食わせる魚となりゃあ、こっちも上物を出さなきゃ寝覚めが悪いぜ」

ちはるは慎介と顔を見合わせた。鉄太は威勢よく両手を打ち鳴らす。

「てやんでぃ。さっさと持ってけ！　鱈は、魚の中で一番足が早《はえ》えんだ。ぐずぐずしてると、腐っちまうぞ！」

ちはるが手にしていた空の桶を、鉄太は引ったくるように手にした。板舟《いたぶね》の上に載っていた鱈を丁寧に桶の中へ入れる。

「本当にいいんですか?」

確かめるちはるに、鉄太は「あたぼうよ」と晴れやかに笑った。

「この魚河岸の目と鼻の先に、おかげ犬が泊まっているとなりゃ、黙っていられねえじゃねえか。美味い魚をたぁんと食べて、しっかり精をつけてもらわなきゃよ。伊勢への道のりは長いんだからな」

鉄太は左手で自分の右腕をぱんぱんっと叩いた。

「腕によりをかけて美味い餌を作ってやらなきゃ、承知しねえぞ」

「はい!」

ちはるは、ありがたく鱈を受け取った。ずっしりと重くなった桶を慎介とともに朝日屋へ運ぶ。

獅子丸がしっぽをぶんぶん振って喜ぶ姿を思い浮かべると、頬が大きくゆるんだ。

「さあ、お食べ。朝ご飯だよ」

ちはるが作った粥を土間に置くと、獅子丸はのっそり立ち上がった。いつ旅立つかわからないので、飼い主の文を入れた風呂敷を再び首にくくりつけている。

獅子丸は粥に顔を近づけて、くんくんとにおいを嗅いだ。器の前に座り込むと、何か言いたげに首をかしげて、ちはるを見上げる。

「なあに？　ちゃんと冷ましたから、大丈夫だよ」

だが獅子丸は粥に口をつけようとしない。しっかり冷ましたつもりだったが、中のほうがまだ熱いのだろうか？

ちはるも器に顔を寄せて、粥をよく見た。

もう湯気は出ていない。調理場から箸を持ってきてかき混ぜてみても、湯気は昇らない。粥の中に指を突っ込んでみたが、ちっとも熱いとは思えなかった。

「おい、何をやっているんだ」

慎介も調理場から出てきて、獅子丸の前にしゃがみ込む。

「獅子丸が食べないんです。せっかく上物の生鱈を入れてやったのに」

慎介は眉をひそめて粥を見つめた。

「何を入れて作った？」

「慎介さんが下ろした生鱈の切り身と、大根と、人参と、鰹節と、白飯です。昨夜、慎介さんが作った粥の、鯖と鱈を入れ替えただけなので、犬が食べても大丈夫な物ばかりだと思いますけど――」

慎介も同意する。

「塩漬けにした鱈じゃねえから、濃い塩のにおいなんかを嫌がったわけじゃねえな。聞いた限りじゃ、食べて害になりそうな物は入っていねえしよ」

慎介は獅子丸の頭を撫でた。

「どうして食べないんだ、ん？」

獅子丸は首を伸ばして、慎介の手のにおいを嗅いだ。きゅうん、きゅうんと鳴き声を上げて、慎介の手をべろべろと舐め回す。

「おい、おい、おれの手は美味くないぞ。さっきも、おめえに舐め回されたおかげで、手がよだれまみれになっちまって――」

慎介は言葉を切って、はっと自分の手を見た。続けて、ちはるが作った粥に目を凝らしてから、獅子丸に顔を向ける。

「おめえ、ひょっとして――」

獅子丸がしっぽを振りながら、くぅんと鳴いた。その頭を、慎介が撫でる。

「ちょっと待ってな」

慎介は粥の入った器を持って調理場へ戻った。そのあとを追おうとしたところへ、おふさがやってくる。

おふさは大事そうに抱えてきた座布団を土間の隅に置くと、ちはるを振り返った。

「獅子丸は、朝ご飯をちゃんと食べた？」

「それが――」

事情を話すと、おふさは眉を曇らせて獅子丸を見下ろした。

「どうしたの、おまえ。お腹が空いてないの？」

おふさが優しく獅子丸の体を撫でさする。獅子丸は甘えるように、きゅうんと小さく鳴き声を上げた。

「昨夜は餌を全部食べたのに――今日は疲れがどっと出て、食欲が失せたのかしら。食べるよりも寝ていたい気分なのかしらねえ」

ちはるの言葉に、おふさは心配そうな表情で首をかしげる。

「まさか病に罹《かか》ったんじゃないわよね。頭が痛いとか、お腹が痛いとか――獅子丸が人の言葉を話せたら、どうして欲しいかわかるのに」

おふさと二人並んで、しばし獅子丸の前にしゃがみ込んだ。

獅子丸は、おふさが敷いてやった座布団の上に座って、おとなしくしている。特に具合が悪いようにも見えないが、ちはるが犬を知らないから、気づけないのだろうか。犬の具合の良し悪しは、いったいどこで見分けるのだろう。

「何だ、獅子丸はまだ餌を食ってねえのか」

二階から下りてきた怜治が獅子丸の前に立つ。ちはるから事情を聞くと、顔をしかめてこめかみをかいた。

「おかげ犬がうちで具合を悪くしたなんて、世間に広まったら大変だぞ。『朝日屋は、おかげ犬を粗末に扱った』と言われちまう」

怜治と一緒に下りてきた綾人が微苦笑を浮かべる。

「うちの評判はともかく、獅子丸の体が心配ですね。あまりにも食べないようであれば、医者に診てもらったほうがよいのではありませんか」

怜治が首をひねる。

「この辺りに、犬を診る医者がいたか?」

慎介が調理場から戻ってきた。粥の入った器を手にしている。

「おい獅子丸、これならどうだ? さっきの粥に、ちょいと手を加えてみたぜ」

慎介が作り直してきた粥を目の前に置くと、獅子丸はひょこっと立ち上がった。すんすんと鼻を鳴らして器の中に顔を突っ込むと、がつがつと音を立てて勢いよく食べ始める。

怜治が呆れ返ったように獅子丸を見下ろした。

「おい、どうなってんだ。ちゃんと食うじゃねえかよ」

ちはるは粥に目を凝らした。いったい慎介は、どんな手を加えたのか。気になるが、獅子丸の頭が邪魔で、器の中の粥がよく見えない。

ちはるは慎介を振り返った。慎介はまんざらでもなさそうな顔で口角を引き上げている。

「朝膳で使う、小豆《あずき》を足したのさ」

本日の朝膳は、生鱈の塩焼き、卵焼き、青物たっぷりの煮物、小豆の昆布煮、白飯、しじみの味噌汁。食後の菓子は小蜜芋だ。

ちはるは驚きに目を見開いた。

「犬って、小豆も食べるんですか⁉」

慎介は笑いながらうなずいた。

「昔、実家では、小正月に小豆粥を作る時、飼っていた犬にもやっていたんだ。もちろん、犬用の小豆粥には砂糖なんか入れなかったがな。さっき獅子丸が、おれの手のにおいを嗅いで、べろべろ舐めただろう。朝膳で使う小豆を触ったあとも、獅子丸の様子を見にきて同じように舐められたから、ひょっとして小豆が食いてえのかもしれねえと思い当たったのさ」

ちはるは呆然《ぼうぜん》と獅子丸を見下ろした。慎介が作った粥を綺麗に平らげて、満足そうにしっぽを振っている。器の中には米粒ひとつ残っていなかった。

何と、小豆が好物な犬とは――。

まるで慈照ではないかと思いながら、ちはるは獅子丸を見下ろし続ける。

まさか犬が小豆を食べたがっていたとは夢にも思わなかった。

ちはるの視線に気づいたのか、きらきら輝く目で可愛らしく慎介を見上げていた獅子丸が、こちらに目を向ける。一瞬にんまりと、小馬鹿にしたように目を細めた――気がした。

ちはるは、むっと眉間にしわを寄せる。

小豆が好物だからといって、獅子丸と慈照を同類に扱っては、慈照に申し訳がないと思い直した。慈照は誰に対しても、小馬鹿にしたような目を向けたりはしない。

「最初におれの手のにおいを嗅いだ時、小豆のにおいがしたもんで、今日の餌には小豆が入っていると思って、期待しちまったんだろうなぁ」

その通りですと言わんばかりに、獅子丸がしっぽを大きく振る。慎介の足元に引っくり返って、ごろんと仰向けになった。慎介は相好《そうごう》を崩して「よしよし」と、獅子丸の腹を撫でる。獅子丸は嬉しそうに、しっぽを振り続けた。

ちはるは眉根を寄せる。

「だけど、この先の道中で、小豆のにおいがするたびに小豆が食べられるとは限らないいんですよ」

食べられると期待した好物が入っていなければ、餌を食べないだなんてことをくり返していたら、伊勢までの長旅を乗り切ることはできない。おかげ犬に親切にしようと、獅子丸に餌をくれる人々とこの先多く出会えたとしても、みながみな慎介のように「小豆が食べたいのかもしれない」と気づいてくれるかはわからないのだ。

多少嫌いな物でも食べなければならない時が、そのうち訪れるかもしれない。

嫌いな物が入っている賄を残す、おふさと同類では、飼い主の平癒祈願という大役はきっと果たせないだろう。

ちはるは獅子丸の顔を両手で挟んだ。獅子丸は、じたばたと四本の脚を動かして、迷惑そうに起き上がる。ちはるは、ぐっと顔を近づけた。

「出された物は、文句を言わずにちゃんと食べなきゃ。おふさみたいな真似しちゃ駄目なのよ」

獅子丸は「説教なんかやめてくださいよ」とでも言うように、くぅんと非難がましい声を上げた。その顔が、やけにすっとぼけて見える。まるで「敵意はないんですから放してください」と言いながら、心の内で「おまえの作った不味い飯なんか食えるか」とちはるを馬鹿にしているような顔に思えてしまった。

「わたしみたいな真似って、どういう意味よ」

おふさが鼻息荒く、ちはるを睨みつけた。

「獅子丸は賢いのよ。料理人の腕がわかるの。自分の未熟さを棚に上げて、獅子丸を責めるのはやめてちょうだい」

おふさは獅子丸に目を移すと、にこやかに表情をやわらげた。

「どんなに上等な魚を使っても、その美味しさをちゃんと引き出せていないと駄目なのよねえ。粥の硬さや、青物の切り方、どれを取っても慎介さんの力量には遠く及ばないんじゃないの」

ちはるは、ぐっと奥歯を噛みしめた。

まだまだ慎介の力量に及ばないことなど、自分でもよくわかっている。それを言われると反論できない。

だが、しかし――犬の餌のことでそこまで言われると、たまらなく腹が立つ。

「まさか犬の餌ごときと思っているんじゃないでしょうね」

ちはるの考えを見透かしたように、おふさが眉を吊り上げた。

「犬は尋常じゃないくらい鼻が利くというわよ。あんたの下手な包丁使いで、鰆や青物の味が落ちてしまったんじゃないの？」

ちはるは啞然と獅子丸を見つめた。

確かに、犬は鼻が利く。人が感じないほど微弱なにおいも、たやすく嗅ぎ取ることができるという。ちはるの鼻がどんなによくても、犬の鼻には到底敵わないだろう。

では、おふさの言うように、獅子丸は粥から漂ってくるにおいで、ちはるの腕を見切ったのか？　慎介が作った粥のほうが美味いとわかっていたから、ちはるが作った粥を拒んだのか？　小豆の有無だけが不満というわけではなかったのだろうか――。

ちはるは土間に這いつくばって、ぐっと獅子丸の鼻に顔を近づけた。

「あんた、あたしの料理が不味いと思ってたの？」

じっと目を見ると、獅子丸が顔をそらした。ちはるから逃げるように腰が引けて、あとずさっていく。その肩を、ちはるは両手で、がしっとつかんだ。

「ねえ、あたしが作った物は、そんなに駄目？　そりゃ、慎介さんには敵わないだろうけどさ。ひと口も食べたくないほど不味そうな粥だったの？」

獅子丸の視線の先に回り込めば、またしても顔をそらされた。どう言われても駄目なものは駄目なんだと断言されたようで、悔しさが込み上げてくる。

ちはるは思わず、獅子丸の肩をつかむ手に力を込めた。

「せめて、ひと舐めぐらい、味見をしてくれたってよかったんじゃないの⁉」

「ちょっと、やめなさいよ。獅子丸がかわいそうでしょう」

おふさが、ちはるの肩を押した。ちはるがよろけた隙に、ぐいっと両手で獅子丸を抱き寄せる。

「あんた、朝日屋へ来るお客さまに自分の料理を無理強いできる？　できないわよね⁉　どんなに自信のある一品を残されて、文句をつけられたって、黙って受け入れるしかないでしょう。獅子丸が犬だからって、無体な真似をするのは許さないわよ！」

獅子丸は同意するように、おふさの胸に顔をすり寄せた。おふさは獅子丸を抱きしめながら、ちはるを睨みつける。

ちはるは唇を噛んだ。

悔しさと情けなさがぐるぐると渦を巻いて、ちはるの胸の中を這いずり回った。

犬に認められない自分は、客にも認められない――そんな考えに陥ってしまった。

「おふさ、そんなにちはるを責めるな。獅子丸の考えていることなんか、獅子丸にしかわからねえんだからよ」

慎介が獅子丸の背中を撫でた。獅子丸は顔を上げて、今度は慎介にすり寄る。慎介が頭を撫でると、しっぽをぶんぶんと勢いよく振った。もうすっかり機嫌が直ったようだ。

「飼われている家で、よく小豆を食わせていたのかもしれねえなぁ」

慎介は獅子丸を撫でながら、独り言つように続けた。

「草加で小豆を作っている百姓なんだろうか。それとも、うちのように料理人がいる家で、よく小豆を使って料理を作っていたんだろうか。どっちにしても、獅子丸は小豆のにおいで飼い主を思い出したのかもしれねえなぁ」

慎介の手の動きに合わせて、獅子丸は深く頭を下げた。「実は慎介さんのおっしゃる通りなんです」とでも言っているように見えるが、実際は首の辺りまでもっと撫でられたいだけなのか、ちはるにはわからない。

ただ、わかっているのは、獅子丸の飼い主が病ということだけ――。

病の飼い主を思い出して小豆を恋しがったのであれば、たまらなく切ない。いじらしさに、胸が痛くなる。

ちはるは獅子丸に手を伸ばし、そっと背中を撫でた。

少しごわごわとした短い赤毛の手触りが、きゅっと胸をしめつける。

本来であれば飼い主のもとで、ぬくぬくと過ごしたかっただろうに――犬の身で伊勢を目指すだなんて、たいしたものではないか――。

慎介と並んで獅子丸を撫でていると、おふさも再び獅子丸を撫で始めた。

しばし三人で撫で続ける。

獅子丸は気持ちよさそうに、ごろんと座布団の上に寝っ転がった。仰向けになって腹を見せながら、つぶらな瞳で、ちはるたち三人の顔を見つめてくる。

次の餌にも小豆を入れてやろうと、ちはるは思った。


だが、その夜も、獅子丸はちはるの作った粥を食べなかった。

「小豆を入れてやったのに、どうして――」

土間の隅に、ちはるは呆然と立ち尽くした。

もうすぐ食事処を開ける時分である。腹を空かした獅子丸が客の料理を食べたがっては困るので、先に餌をやったほうがいいのではないかと、食事処を開ける前に粥を作ってやったのだが――。

獅子丸は目の前に置かれた粥のにおいを嗅いだだけで、座布団の上に伏せてしまった。

粥の中身は、小豆、白飯、鮪、大根、人参、鰹節である。犬の害になるような物は入れていないはずだ。

「ねえ、あんた、どうして食べないの？　他に食べたい物があるの？」

訊ねても、獅子丸は知らん顔で、じっと伏せているだけだ。

朝日屋の一同が獅子丸の前に集まった。

怜治がしゃがみ込んで、獅子丸の頭をそっと撫でる。

「しばらく放っておくしかねえだろうな。腹が減れば、そのうち食うんじゃねえのか」

「はい――」

そろそろ食事処を開けねばならない。もう調理場へ戻らなければと思ったが、ちはるは獅子丸の前から動けなかった。今度こそ本当に、獅子丸が病だったら――と心配になり、不安に陥ってしまう。

たまおが励ますように、ちはるの肩を叩いた。

「大丈夫よ。わたしも仕事の合間に、獅子丸の様子をちゃんと見ておくわ」

綾人がうなずく。

「わたしも気をつけて見ておくよ。下足棚の前からは、獅子丸の様子がよく見えるから。変わったことがあれば、すぐみんなに報せるよ」

おふさは胸をそらして、ちはるの顔に人差し指を突きつけた。

「ぼさっとしていないで、早く調理場へ戻りなさいよ。あんたは自分の仕事に没頭していればいいの。獅子丸のことは心配無用なんだから。わたしだって、ちょくちょく様子を見ておくんですからね」

つっけんどんな口調なのに、じゅうぶん優しく聞こえた。ちはるは素直にうなずく。

慎介が粥の入った器を手にした。粥を少量人差し指ですくい取り、親指で潰す。

「硬さはちょうどいい。ちゃんと冷ましてあるし――」

獅子丸が、ひょっこりと立ち上がった。慎介の前に座って、嬉しそうに餌を見上げ、しっぽを大きく振り出す。

「おっ、何だ、やっぱり食うのか？」

慎介が器を置くと、獅子丸はしっぽを振りながら、すぐに粥を食べ始めた。

ちはるは首をかしげる。

「どうして突然気が変わったんでしょうか。犬にはよくあることなんですか？」

慎介が首をひねる。

「さあ――だが、元気なようで何よりだ」

ちはるはうなずいた。

「狐につままれたような気分ですが、よかったです」

怜治が突然「なるほどなぁ」と声を上げた。一同の目が怜治に集まる。

「獅子丸は、美味い餌をくれるのは慎介だと覚えたんだ」

ちはるは「はぁ？」と眉間にしわを寄せる。

「どういう意味ですか、それ。あたしは不味い餌を持ってくるやつだと思われているってことですか⁉」

怜治はにやにやと笑いながら、ちはるを見た。

「不味いとまで思っているかどうかは知らねえが、慎介のほうが明らかに上だと思っているんだろうよ。だから慎介の手にした餌を食ったんじゃねえか？」

ちはるは獅子丸を見下ろした。あっという間に粥を食べ終えて、満足そうに口元をゆるめている。

本当に、獅子丸は、慎介が手にした餌だから美味いはずだと判断したのか――？

ちはるは空になった器を手にすると、中に顔を突っ込むようにして、そのにおいを嗅いだ。

「おい、何やってんだ」

怜治の呆れ声を無視して、ちはるは粥の残り香を嗅ぎ続ける。

ちはるが粥をよそった時と、何ら変わってはいない。獅子丸のよだれが混じったにおいはするが、犬の食欲が増すような何かが足された跡はまったく感じなかった。

「おい、ちはる、いったいどうしたんだ？」

慎介に声をかけられて、ちはるは顔を上げた。

「さっき器を手にした時、何も入れませんでしたよね⁉　ただ、あたしが作った粥の硬さと熱さを確かめただけですよね⁉」

慎介は気圧《けお》されたように、こくこくとうなずく。

ちはるは唸った。

では本当に、獅子丸は、慎介が美味い餌を作る人物だと認めて、慎介が作った餌を食べたがったのか――。

「あーっはっは」

おふさが高笑いを飛ばした。

「獅子丸は、やっぱり賢いわねえ。ちゃんと人を見るのよ。たいしたものだわ」

おふさは心底からおかしそうに身をよじって、ちはるの右腕をばんと叩いた。

「いつか獅子丸に認めてもらえるよう、しっかり精進しなさいよ」

ちはるは左手で右腕を押さえながら、くうっと歯をむき出した。

「あら嫌だ、人相の悪い犬みたいな顔してないで、さっさと調理場へ行きなさいよ」

今度はちはるの背中をぱしんと叩いて、おふさは下足棚の近くへ立つ。

「お客さまが、お待ちよ」

耳を澄ますと、表戸の外から話し声が聞こえた。食事処が開くのを待つ客たちが集まっているのだ。

怜治が手を打ち鳴らす。

「みんな、持ち場へつけ」

「はい！」

ちはるは慎介とともに調理場へ戻った。

その途中、ちらりと振り向けば、獅子丸は座布団の上におとなしく腰を下ろしていた。

綾人が掛行燈に火を灯すと、どっと押し寄せるように客が入ってきた。

「おっ、いたいた、おかげ犬だ」

「本当に代参犬が泊まっているぜ」

獅子丸の話は、もう江戸の町に広まっているらしい。昨夜の客たちは、宣言通り「朝日屋は、おかげ犬にも優しい」と、あちこちで触れ回ったのだろうか。

次々にやってくる客たちは草履を脱ぐ前に土間の隅へ向かい、獅子丸の顔を眺めてから、入れ込み座敷へ上がっていく。

ちはるは慎介とともに次々と膳を用意していった。

本日の膳は、鮪の刺身、葱の天ぷら、風呂吹き大根、豆腐とこんにゃくの田楽、白飯、牡蠣の吸い物――食後の菓子は小蜜芋である。今はまだ冬らしい菓子を味わってもらいたいため、年内いっぱいは小蜜芋を出そうと、慎介と話し合った。

慎介が刺身を引いている間に、ちはるは吸い物をよそった。

汁椀に顔を寄せて、においを確かめる。磯の香りをまとったまま煮えた、ふくよかな牡蠣の香りが、すーっと鼻から入ってきた。

よし、大丈夫——。

火を入れ過ぎてはいないはずだと信じて、器によそう。白髪のように細く千切りにした葱と、柚子の皮を入れてあるので、さわやかな香りも漂っている。

「お運びいたします」

たまおとおふさが膳を取りにきた。

「お願いします」

顔を上げると、おふさと目が合った。ちはるは目をそらさずに、じっと見つめる。

朝日屋の仲居として、おふさも客に出す料理の味を確かめるようになっている。仕事だから仕方ないと腹をくくったのか、嫌いなはずの牡蠣も残さずにちゃんと食べていた。

——柚子がいい仕事をしているわね——。

そう言った時の顔つきから判断するに「柚子の風味と合わせたことで、牡蠣が嫌いな者でも食べやすい味になっている」と言ったのだ。

笑顔の賞賛ではなかったが、ちはるの仕事ぶりを、おふさが認めた言葉だと思った。

おふさはちらりと汁椀に目を落とすと、まんざらでもなさそうな顔つきで口角を引き上げた。

「なかなか評判がいいわよ、これ」

ぶっきらぼうな口調で言い置いて、踵を返す。その後ろ姿に向かって、ちはるも口角を引き上げた。

おかげ犬をひと目見ようという客たちは引っ切りなしにやってくる。

ちはると慎介は懸命に手を動かして、膳を作り続けた。

「おう、あれが獅子丸か」

しばらくすると、聞き覚えのある声が戸口から聞こえてきた。顔を向けると、藤次郎《とうじろう》が土間に立っていた。

鯔背《いなせ》銀杏《いちょう》の髷《まげ》がよく似合っているこの美丈夫は、本小田原町にある魚問屋、恵比《えび》寿屋《す》の跡取りである。白波模様の入った藍墨茶《あいすみちゃ》色の着流しの裾から、ちらりと紅襦袢《べにじゅばん》を覗かせている。足元は、下駄――魚河岸で働く男たちは、仕事場が常にぬかるんでいるので、草履ではなく下駄を履いていた。

藤次郎は大股でまっすぐに獅子丸のもとへ向かった。

ちはるは、はらはらする。

以前、魚河岸で猫が鮪に近づいた時、藤次郎はものすごい剣幕で怒っていた。

――さっさと猫をどけろ！　鮪に近づけるんじゃねえっ、馬鹿野郎！　大事な商売物を盗られそうになったんだぞ！　もっと鮪に気を遣え――。

おかげ犬とはいえ、食べ物を扱う客商売なのに、朝日屋の中へ犬を入れるとは何事だと、藤次郎は怒り出さないだろうか。

藤次郎の後ろを、小柄な男がついていく。尻端折《しりばしょ》りに股引《ももひき》で、足元はやはり下駄――髷も、藤次郎と同じく鯔背銀杏に結っていた。この鯔背銀杏は、魚河岸の若い衆が好んで結う髷の形だ。鯔《いな》（ぼらの幼魚）の背に似ているため、この名がついたといわれている。

「こいつぁ賢そうな犬だぜ」

藤次郎はしゃがみ込むと、獅子丸の頬を両手で優しく包み込んだ。顎、頭、首、背中と、体のあちこちを優しく撫で回していく。

獅子丸は座布団から立ち上がると、嬉しそうにしっぽを振って、藤次郎の顔を舐めた。

「おい、くすぐってえぞ」

藤次郎は笑いながら、獅子丸を撫で続ける。獅子丸のしっぽがさらに大きく振られた。

獅子丸は藤次郎の肩に前足をかけて立ち上がると、藤次郎の顔を激しく舐め回した。

「わかった、わかった。ずいぶん人懐っこいやつだな、おまえは。この先の道中、悪いやつについてっちまわねえか心配になってくるぜ」

藤次郎の声は、まるで砂糖たっぷりの菓子みたいに甘い。

ちはるは安堵するとともに驚いた。

犬を中に入れたことに対して怒るどころか、大歓迎という様子ではないか。

やはり、獅子丸が「おかげ犬」だからだろうか——。

ひとしきり獅子丸を撫で回すと、藤次郎は調理場へ向かってきた。低い仕切りの前に立つと、慎介に向かって丁寧に一礼する。

「仕事中すみません、ちょいと挨拶させてくだせえ」

藤次郎は、後ろに従えていた若い男に目を向けた。男が一歩前に出て、深く辞儀をする。

「こいつは利々蔵《ききぞう》と申しまして、このたび、うちで世話をすることになった者です。魚河岸から買われていった魚がどう扱われているのか、いろんな店を食べ歩いて、見せているところなんです」

利々蔵は背筋を正して、慎介に向かい合った。目がぱちりとして、愛嬌のある顔立ちだ。

「お初にお目にかかります。生まれも育ちも佃島《つくだじま》、先祖は東照大権現（徳川家康）さまが江戸入りなさる際に佃島へやってきた漁師でございます。先祖の名に恥じぬよう、江戸一番の魚の目利きを目指して、このたび恵比寿屋さんで修業させていただくことになりました。お見知り置きのほど、どうぞよろしくお願いいたします」

慎介は重々しくうなずいて、調理台の前に出た。

「藤次郎さんの下で学べば、魚の目利きだけでなく、人づき合いも上手くなるだろう。魚を見るのと同じくらい、人を見るのは大事なことだ。——まあ、おれが言うことじゃねえがよ」

「いえ、ありがとうございます。今後も、いろいろお教えいただきたいと思っております」

利々蔵はかしこまって頭を下げる。その背中を藤次郎が力強く叩いた。

「それが、この利々蔵、人づき合いに関しちゃなかなかのものなんでさ。かつて江戸一番の目利きと謳《うた》われていた亡き祖父さんにちなんで、目利きの『利々蔵』と名づけられましたが、あちこちからいろんな話を聞き込んでくるもんで、聞くことにちなんだ『聞き蔵』かと言われる始末で」

慎介は「へえ」と感心したように利々蔵を見やる。

「人の話をいろいろ聞いてくるってことは、それだけ人と交わって、相手に打ち解けてもらっているって証だ。たいしたもんだなぁ」

藤次郎は自分が褒められたかのように胸を張って笑った。

「瀬戸物町の長屋に住まわせているんですが、木戸にかけられた木札の名前を見て『ききぞう』じゃなくて『りりぞう』かなんて思う者も多いそうで――」

利々蔵は神妙な顔でうなずいた。

「利蔵《としぞう》と間違われることも多くございます」

藤次郎は苦笑しながらうなずいた。

「そんなわけで、こいつのことは『目利きの利々蔵』と覚えてやっておくんなせえ。間違っても、わざと別の呼び方をしてからかったりしちゃあいけませんぜ。大変なことになりますからね」

ちはると慎介は顔を見合わせて首をかしげた。

名のことでからかうつもりなど毛頭ないが、もし、わざと別の名で呼んだりしたら、いったい何がどう大変なことになるのだろうか。

それ以上の仔細は語らぬまま、藤次郎と利々蔵は調理場の近くに陣取ると、時折首を伸ばして慎介の手元を見つめながら膳を食べ始めた。

まず利々蔵が鮪の刺身をひと切れ口に入れる。その直後、大きく目を見開いて、調理場へ顔を向けた。

「うめえ――こんなに美味い鮪の刺身は初めてだ」

信じがたいものを見るような目で、慎介を凝視した。

「百川《ももかわ》の仁平《じんぺい》さんに勝るとも劣らぬ包丁の入れ具合だ。百川じゃ、下魚と言われている鮪を扱わねえが、もし仁平さんが鮪の刺身を引いたら――」

利々蔵は藤次郎に向き直った。

「兄ぃ、食べ比べてみたくなりますね」

藤次郎は牡蠣の吸い物に箸をつけながら「そうだな」と応じている。

ちはるの耳に「百川の仁平」という言葉が残った。

藤次郎は、百川にも利々蔵を連れていったのか。

利々蔵は瀬戸物町の長屋に住んでいると言っていたから、同じ町内にある百川へよく出入りして、仁平と懇意にしていても何らおかしくはないが――。

以前、魚河岸で会った時の仁平の冷たい眼差しが、まぶたの裏によみがえる。

――美味い料理で客を呼ぶなどと言っているらしいが、しょせんは旅籠――朝日屋は、料理屋じゃねえんだ。口当たりのいい包み揚げで、多少の評判を呼んだらしいが、百川と同じ土俵に上がれるだなんて夢にも思うんじゃねえぞ――。

慎介に対する、鉄太の誤解は解けた。

だが、仁平の気持ちは変わっていないのだろうか。

今でも――いや、いつまでも、朝日屋など認めないと思い続けるのだろうか。

「おや、聞き耳の目利き、利々蔵さんじゃないか」

獅子丸を撫でていた客がこちらへ向かってきたかと思えば、それは戯作者《げさくしゃ》の風来坊茶々《ふうらいぼうちゃちゃ》丸《まる》だった。朝日屋に客がまったく入らなかった頃、舌が肥えている識者に料理の品定めをさせて世間に評判を広めようとしたことがあったが、その際に評者を務めてくれた人物でもある。

「瀬戸物町の茶屋から、こちらへ回ってきたんだ。わたしと似た名前のおかげ犬が朝日屋にいると、早耳のさくらさんに聞いてね。何でも、今朝早くから、噂になっていたそうじゃないか」

茶々丸のための場所を空けながら、利々蔵は恐縮顔になる。

「おれが鉄太兄ぃから、おかげ犬の話を聞いたのは、昼ちょっと前だったんですが――さくらは長屋の井戸端や茶屋で、おれよりも早く耳にしたってわけですかい」

茶々丸は笑いながらうなずく。

「そんなに面目なさそうな顔をしなくてもいいだろう。朝早くから魚河岸で懸命に働いていたんだもの、犬の話など知らなくても恥じゃないさ」

「へい。ですが、魚河岸から目と鼻の先のことなんで――」

「さくらさんが働く茶屋だって、朝日屋の目と鼻の先さ」

藤次郎が調理場の慎介に顔を向ける。

「さくらってのは、利々蔵の恋女房なんでさ」

慎介は感心したように利々蔵を見た。

「まだ若え《わけ》のに、もう所帯持ちか。利々蔵さんは、いくつだい」

利々蔵はかしこまって「二十歳です」と答えた。

「女房のさくらは十八で、瀬戸物町にある『四季《しき》』って茶屋で働いております」

「あそこは、いい葉茶を使っている店だな」

慎介の言葉に、利々蔵は嬉しそうな笑みを浮かべた。

「もしよろしかったら、一度さくらの淹れる茶を飲んでみてやっておくんなせえ。いつか、舌の肥えた方々を唸らせるような茶が淹れられるようになりてえと、さくらは日頃から申しております」

慎介はうなずいて、ちはるを見た。

「今度、たまおと一緒に行ってみるか。おめえの学びにもなるだろう」

「はい！」

慎介は満足そうに口角を引き上げると、利々蔵に目を戻した。

「さくらさんにも、ぜひ朝日屋の料理を味わってもらいてえ。この通り、うちには女の料理人がいるもんでね。そのうち女の客も入ってくるかもしれねえ。女の客の目から見た料理ってのを、さくらさんに教えてもらえると助かる」

茶々丸が「なるほど」と納得顔になった。

「年が明けて、暖かくなったら、女の泊まり客だって訪れるかもしれないからな。箱根の関所を越えていくのは難儀でも、江戸への物見遊山なら気楽にできるという、近隣の女衆がいるかもしれない」

おふさが運んでいった酒を、利々蔵がすかさず茶々丸に注いだ。

「先日も、川崎からの夫婦連れが茶屋でひと休みしていったと、さくらが申しておりました。何でも、えらく元気なご内儀だったそうで。そのうち隣や向かいのかみさんとも一緒に江戸へまた来たいと話していたそうですから、茶々丸さんがおっしゃった通り、女だけでの物見遊山もこれから増えるかもしれませんね」

利々蔵は藤次郎にも酒を注いだ。藤次郎はぐっとあおると、次の酒を受けながら小さく唸った。

「金に余裕のある女衆なら、荷物持ち兼用心棒の男を従えて、あちこち遊び歩くかもしれねえなぁ。魚河岸の女を見ていると、女は強えと心底から思うぜ」

利々蔵が訳知り顔で眉尻を下げる。

「鉄太兄ぃに聞いたんですが——以前、勝手に漁師の真似事をして漁場を荒らしたやくざ者たちを引っ捕らえにいく時、魚河岸の姐《ねえ》さんたちは炊き出しやら身支度の手伝いやら、甲斐甲斐しく兄ぃたちの世話をして、おっかねえ顔で『万が一にも負け戦となれば、あんたらの帰る場所はないよ』とおっしゃったそうで——」

藤次郎は、げんなりした顔で酒を舐めた。

「うちのお袋にも『しっかりおやり』と言われたが、おれたちを送り出した時の女衆には、鬼が乗り移ったんじゃねえかと思うくらいの気迫があったぜ。まるで女衆が槍や包丁を手にして戦いにいくみてえだった」

「女衆も腹をくっていたんだろうな」

茶々丸がしみじみとした目で藤次郎を見た。

「もし万が一、男衆が無事に帰れなかった時に、跡を守る覚悟が決まっていたんだろう」

藤次郎は目を細めて茶々丸に酒を注いだ。

「おっしゃる通り、守っているようで、守られているんでさ」

茶々丸は酒を飲み干すと、わっと声を上げて顔を伏せた。

「ああ、うらやましい。わたしには、魚河岸の女衆みたいに支えてくれる者なんていやしない。行き詰まっても、さくらさんみたいに助言を頼める者なんていやしないんだ」

突然うじうじと床に「の」の字を書き出した茶々丸に、みな戸惑う。

茶々丸は大きなため息をつくと、床に両手をついて嘆いた。

「書けない――戯作者なのに、戯作が書けない――これ以上の不幸があるだろうか。わたしは、もう戯作者と名乗れないのか――では、明日から、いったい何者になればいいんだ⁉　戯作を書く以外、これまで何もしてこなかったというのに――わたしに、いったい何ができるというのだ！」

周囲の客たちが困り顔で茶々丸を見やる。料理と酒を楽しみたいのに、茶々丸の嘆き声が邪魔をしているのだろう。

藤次郎と利々蔵は、どう慰めたらよいのかわからないというように顔を見合わせて、首を横に振っている。

たまおとおふさも近くにきたが、何と声をかけたらよいのか――または声をかけずにもう少し様子を見たほうがよいのか、判断がつきかねている表情をしていた。

階段の下から入れ込み座敷を見渡していた怜治は腕組みをしながら、じっと茶々丸を見ている。茶々丸は嘆き声を上げていても、大声でわめき散らしているとまでは言えない。酒が入ると、もっと大きな声で歓談する客もいるので、今はまだたしなめる時ではないと思っているようだ。

ちはるは思わず手を止めて、慎介に近寄った。

「何だか、緑陰白花さんを思い出しませんか？」

慎介が苦笑する。

「おれも今ちょうど、そう思っていたところだ」

絵の道に迷った白花も苦しんで、床に這いつくばっていた。まさか茶々丸が駱駝の真似をすることはあるまいが――。

「おっ、どうした、おかげ犬！」

土間の近くに座っていた客が声を上げた。

左右の入れ込み座敷を突っ切る通路を、とことこと獅子丸が歩いてくる。まっすぐに、こちらへ向かってきた。

調理場を目指したのかと思いきや、獅子丸は茶々丸の前で足を止めた。

「くぅん」

入れ込み座敷に前足をかけ、ちょいちょいと茶々丸を呼ぶように、ぽんぽんと床を叩く。

茶々丸は首をかしげながら、獅子丸の前に居住まいを正した。

「何だい、わたしに何か用かい？」

獅子丸は茶々丸をじっと見て、「わんっ」と吠えた。何か訴えているように「わん、わん、わおーん」と鳴き声を上げる。

怜治が眉をひそめながら獅子丸の前に立った。

「いったい、どうしたってんだ。今まで、ちゃんと、おとなしくしていたのによ」

怜治の言葉に、周囲の客たちもうなずく。

「おかげ犬は神仏を敬う心があるから、他の犬から吠えられたり、嚙みつかれたりはしないと聞いたぜ。もちろん、おかげ犬のほうだって、他の犬にちょっかいを出したり、吠えたりすることもないんだろう。それが、その戯作者の先生には大声で吠えたんだから、神仏からのお告げが何かあるんじゃないのかい」

客の一人が言い出すと、他の客も「そうだ、そうだ」と声を上げた。

「戯作者の先生も、伊勢参りをしろってことなんじゃねえのか」

「おかげ犬が無事に伊勢まで辿り着けるよう、おかげ犬の供をしろってお告げかもしれねえぞ」

「人が犬の供をするのか。『桃太郎』とは逆だな」

「逆の立場に立てば、今まで思ってもみなかった新しい境地が開けて、面白い戯作が書けるかもしれないぞ」

客たちに同意するように、獅子丸は「わん、わんっ」と威勢よく吠える。まるで「おれについてきな」とでも言っているようだった。

茶々丸は目を瞬かせて、獅子丸の顔をじっと見つめる。

「わたしが、おまえの供をして、伊勢へ――?」

そうともさと言わんばかりに、獅子丸はしっぽを振りながら、もうひと声「わんっ」と吠えた。


食事処を閉めたあとの入れ込み座敷で、一同は車座になった。藤次郎と利々蔵は明日早朝からの仕事に備えて帰ったが、茶々丸は同席している。

「先ほどは、本当に申し訳なかった」

茶々丸は殊勝顔で頭を下げる。

「書けない時は、どうしていいかわからなくなって、一人でぶつぶつ不安を吐き出したり、突然わーっと叫んだりしてしまうんだ」

どんぶり飯を頬張りながら、おふさが冷めた目で茶々丸を見た。

「風来坊茶々丸って、売れっ子の戯作者だと聞いたことがあるけど、何だか冴えないわねえ。面白い作品を書くようには、とても見えないわ」

小声だったが、おふさの言葉は静まり返った入れ込み座敷にはっきりと響いた。

茶々丸は鮪のそぼろを喉に詰まらせて、ぐふっと苦しそうにむせる。

本日の賄は、鮪のそぼろどんぶりだ。細かく切って軽く包丁で叩いた鮪に、酒と醬油とみりんで味をつけ、炒めた物を、白飯に載せてある。

先ほど夕膳を平らげた茶々丸は、鮪のそぼろだけを肴に酒を飲み続けていた。

茶々丸は酒でそぼろを腹に流し込むと、まるでこの世の終わりのような顔になった。

「橘屋のお嬢さんは、評判通り、なかなか手厳しい」

おふさは眉を吊り上げる。

「あら、わたしのことをご存じなんですか。まさか悪評のあるわたしを娶《めと》って、橘屋に恩を着せ、戯作で稼げない分の穴埋めをしようと企んでいたり――」

「しないよ！　わたしにだって、好みというものがあるんだ。おまえさんの話は、ちょいと小耳に挟んだだけだよ。朝日屋に新しい仲居が入ったってね」

茶々丸は咳払いをして、気を取り直したような表情になると、意味深長な目を怜治に向けた。

「一日だけ試しに雇った女もいたと聞いたけど、すぐに縁を切ったのは正しかったよ。あれは、いくつもの店を引っかき回して、あちこちさまよっている女だ。品川の料理屋にいたこともあるらしい。成長に合わせて大きな貝へ移り住むやどかりのように、自分の欲しいものに合わせて居場所を移っていくんだ。たいていは、見目のよい男と、金が絡んでいるらしいがね」

怜治は「へえ」と目を細めた。

「詳しいじゃねえか」

「あんな女が出てくる戯作を書こうとしたことがあったんだ。主役の邪魔をする性悪女をね。それで町方の旦那や、岡場所の主たちに、悪女の話を教えてもらった。どいつもこいつも胸くその悪い女たちで、人がどう思おうと、自分がよければそれでいいのさ。陥れた相手が傷つこうが苦しもうが、てんでお構いなし。『わたしが思うように振る舞って、何が悪いのでございますか』ときたもんだ」

「実際に、会ったのか？」

「おえんではないがね。同じ穴の狢《むじな》さ」

茶々丸は苦虫を嚙み潰したような顔になって、酒をちびりと舐めた。

「戯作に活かせるかもしれないと思えば、誰にだって会うよ。わたしは人を書いているんだからね。どこへだって行くさ」

怜治は、ふふんと鼻先で笑った。

「じゃあ伊勢へも行くか？」

みなの目が土間の隅に注がれる。座布団の上に伏せていた獅子丸が「え、何ですか？」と言っているように顔を上げた。

茶々丸は、しばし獅子丸を見つめたのちに「一緒に行こうかな」と呟いた。

「仕事場にこもっていても何も書けず、気がふさぐばかりだから、気晴らしに外へ出たんだ。ぶらぶらと町を歩いて、茶屋へ寄ったら、おかげ犬の話が出て——ひょっとして戯作に使えるんじゃないかと思った。おかげ犬を見たら、何か書けるんじゃないかという気になったんだ」

茶々丸は草履を履いて土間に下りると、獅子丸のもとへ向かった。

「さっき、わたしに向かって吠えたのは、本当に『伊勢へ行けば、書くべきことが何か浮かぶ』というお告げなのかもしれない。わたしたちの名が似ているのも、前世からの縁《えにし》なのかもしれないよ」

しゃがみ込んで獅子丸を撫でながら、茶々丸は戸口を見た。

「さっき、表のほうをじっと見ていたんだ。明日あたり、もう旅立つかもしれないね」

茶々丸は獅子丸を見つめて「一緒に行こうかな」と、くり返した。

「今のままじゃ、どうせ落ち着いて物を考えることなんてできないしね。仕事場の周りは何やら物騒になってしまったから、のんびり近所を散歩することもはばかられる」

怜治が鋭い目を茶々丸に向けた。

「物騒って、どういうこった。大きな捕り物があったとは聞いていねえぜ。盗人が潜んでいると、密告でもあったのか？」

茶々丸はしゃがんだまま振り返って首をかしげた。

「柿崎《かきざき》さまから何も聞いていませんか？」

怜治は頭を振る。

「ここんとこ、あいつは顔を出していねえ」

「それじゃあ、町方だけでなく、火盗改も動いているのかもしれないな。わたしは今、葺《ふき》屋《や》町に住んでいるんだが、ここ最近、近所の店によく盗人が入ってね」

茶々丸が仕事場を兼ねた住居としている割長屋には中二階がついており、小さな裏庭もあった。三味線《しゃみせん》の師匠や商家の隠居など、暮らし向きにある程度の余裕がある者たちが多く住んでいるという。

「これまでに狙われたのは、わりと大きな店ばかりだ。盗人は夜中にそっと忍び込んで、みんなが眠っている間に千両箱を奪っていくのさ。不幸中の幸い、今のところ死人は出ていない。だけど、そのうち、うちみたいな長屋も狙われるんじゃないかという不安も湧いてきてね」

さもありなんという表情で怜治は腕組みをした。

「隠居の爺が床下の壺に小判をたんまり溜め込んでいるなんて話は、昔からよくあるからな。盗人に目をつけられているかもしれねえんなら、おちおち金を動かすこともできやしねえ。下見役が、うろうろしているはずだからな」

　茶々丸が苦笑する。

「うちの向かいの隠居が、まさに、それらしい。ぴたりと外出しなくなって、戦々恐々としているよ。菜を売りにくる棒手振も怪しいと疑い出して、疑心暗鬼になっているみたいだ。久しぶりに口を開いたかと思えば『もう何軒もやられたのに、お役人は何をしているんだ』と怒っている」

　怜治は苦々しい顔つきで口角を引き上げた。まるで、自分が責められているような表情にも見える。お役目を辞し、武士の身分を捨てたというのに、まだ心を火盗改に残しているのだろうか。

「近所が物騒になって落ち着かないってのは、もちろん盗人が捕まらないからだろうが——同心や岡っ引きたちの動きも目立ってきているのか？」

　怜治の問いに、茶々丸は困り顔で天井を仰いだ。

「それもありますが、お役人は当てにできないと考えた者たちが、それぞれ用心棒を雇ってね。それがまた柄の悪い連中も多くて——」

　やくざ者か浪人か、遠目に見ただけでは判別できぬような輩《やから》が通りを闊歩《かっぽ》して、町のたたずまいは、あっという間に変わってしまったという。

「特に、湧泉堂《ゆうせんどう》という薬屋のある通りがひどい。近頃やけに羽振りのよくなった薬屋だから、金があると思われて、狙われているのではないかと用心深くなるのはわかるが、何とも物々しい構えでね」

店の表口と裏口には常に三人以上の用心棒がつき、訪れた者たちの名や用向きを聞き取り、時には手荷物を改めることもあるという。薬を買いにきた近所の客であっても例外はなく、いつ誰が何を求めにきたのか、しつこく問われていた。

家人が外出する際には、用心棒がぴたりと前後を固め、気軽に話しかけられなくなったという。

「まるで、周りがみんな敵だと思っているようだ。隣近所の中には、我が身が疑われているのかと憤る者も出てきてね。『ご禁制の品を扱ったから、湧泉堂は急に羽振りがよくなったんじゃないか』なんて噂する者まで出てきた」

ちはるの胸に、夕凪亭の受けた仕打ちがよみがえってきた。

夕凪亭も、闇商人から異国の食材を仕入れているという噂を立てられた。根も葉もない、馬鹿馬鹿しい作り話だったが、隣近所の者たちは誰も、ちはるたち親子を信じてくれなかった。

火盗改の同心たちがやってきて店をめちゃくちゃにしたことも、隣近所の不信感をあおったのだろう。ちはるも、役人というものを信じられなくなった。

湧泉堂が何をしているのか、いないのか、ちはるにはわからないが、もし猜疑心《さいぎしん》に襲われて周りが見えなくなっているのだとしたら――。

店の奥に千両箱をしまい込んでいる大店となれば、なおのこと、用心に用心を重ねるしかないのではあるまいか。

「今書きたいのは、登場する人物たちがみんな最後は幸せになる結末でね」

茶々丸は再び獅子丸を撫で始めた。

「それなのに、毎日耳に入ってくるのは町内の物騒な話ばかりで、嫌になってしまうよ。部屋を一歩出たとたん、『おはようございます』の代わりに『昨夜はどこも盗られなかったのかね』が挨拶になってしまっているんだから」

獅子丸が慰めるように、茶々丸の手をぺろりと舐めた。茶々丸は表情をやわらげる。

「おまえと一緒に行けば、わたしにも、恩恵《おかげ》がいただけるかな」

獅子丸が立ち上がった。戸口の前へ行き、前足で引っかくように戸を叩く。茶々丸は目を瞬かせて、獅子丸の前に立った。

「一緒に行こうと言っているのかい？」

獅子丸が「わんっ」と吠える。

慎介が入れ込み座敷の端に寄って、獅子丸を見つめた。

「そいつは間違いなく、茶々丸さんを誘っていますな。おかげ犬については、いろいろと不思議な話があるらしいが、獅子丸もやっぱり自分のお役目を心得ているんでしょう。『大事な飼い主のために』って心意気も、もちろんあるんだろうが、茶々丸さんにも何らかの縁を感じているんじゃありませんか」

怜治が慎介の隣に並んだ。

「獅子丸がどこまで何を感じているのか知らねえが、賢いってのは確かだな。特に、美味い餌をくれるのが誰かってことは、すぐにしっかりと見抜きやがった」

怜治がからかうように、ちらりとちはるを見た。ちはるは、むっと唇を尖らせる。怜治に続けと言わんばかりに、おふさがにんまりと笑いながら口を開いた。

「獅子丸ったら、慎介さんにはお腹を見せて甘えるものねえ。ちはる一人の時には、一度も仰向けになっていないでしょう？」

「おふさ一人の時にも、お腹は見せていないわよねえ？　もし、そんなふうに全身で甘えられたら、きっと大喜びで大騒ぎするはずだもの」

ちはるが言い返すと、おふさは悔しそうに歯嚙みした。

「お腹を見せて甘えられなくても、わたしと獅子丸の間には目に見えない絆がちゃんとあるんですっ」

「あたしだって別に嫌われているわけじゃないわよ！　ちゃんと撫でさせてくれるもの」

おふさは、ふんと鼻を鳴らして腕組みをする。

「獅子丸は賢くて優しいから、朝日屋で世話になっている恩を感じて、奉公人のあんたのことも相手にしてやっているだけなんじゃないの」

「何ですって。それなら、あんたのことだって――」

「慎介さんは、獅子丸の飼い主に似ているのかもしれないな」

不意に割り込んできた茶々丸の言葉に、ちはるは口をつぐんだ。おふさも黙って、おとなしくなる。

「確かに、美味い餌をくれる人には、犬もよく懐くだろう。だけど会って間もない者に、急所である腹まで見せて甘えるだろうか。そりゃ、とことん人懐っこい犬もいることはいるが――」

獅子丸はしっぽを振って、慎介のほうに歩み寄る。慎介は優しく、その頭を撫でた。獅子丸はうっとり目を閉じて、慎介の前に座り込む。

茶々丸は目を細めて、じっと獅子丸を見下ろした。

「獅子丸の飼い主は、平癒祈願を託して旅立たせることを心底から案じていたのだろう。身につけた風呂敷の中に銭が入っていたというのも、その証ではないかな。おかげ犬は、よく紐に銭を通して首に巻いていると聞いたことがある。おかげ犬に親切にする者こそあれ、非道な真似をする者はいないというから、そんなふうに銭を身につけさせて旅に出したんだろうが――」

茶々丸はそっと、獅子丸が身につけている風呂敷に指で触れた。

「追い剝ぎは、おかげ犬の銭も容赦なく奪うかもしれない――山賊は、おかげ犬を丸焼きにして食ってしまうかもしれない――獅子丸の飼い主は、そんな不安を抱きながらも犬に代参を託して、道中の助力を乞う文を銭とともに入れたんじゃないだろうか」

茶々丸は推察の答えを問うように、獅子丸の顔を覗き込んだ。

「飼い主自身は、獅子丸を旅になど出したくなかったのかもしれない。子犬の頃から可愛がり、丈夫に育つよう勇ましい名をつけて、ずっとそばに置こうと思っていたに違いないんだ。しかし家族や親類、隣近所の者たちに犬の代参を勧められ、獅子丸もやる気を見せたことによって『病を治し、もっと生きたい』という気持ちが強くなったんだろうな。散々思い悩んだ末、獅子丸に平癒祈願を託す気になったんだ」

まるで、その場面を見てきたかのような口ぶりだ。戯作者というものは、風呂敷ひとつからもさまざまなことを思い浮かべるものなのだと、ちはるは感心した。どこまでも広がっていく細やかな妄想力がなければ、戯作者など務まらないのかもしれない。

だが、やはり、世の中の者がすべてみな善人とは言えないのだ。世間はおかげ犬に優しいと信じていても、獅子丸を送り出した飼い主の不安が拭い切れなかったことは事実だろう。

茶々丸は獅子丸の前にしゃがみ込んだ。

「明日の朝、わたしと旅立とうか？」

獅子丸は慎介の手から離れて、茶々丸に向き直る。威勢よく「おう」と答えるように、しっぽを振りながら「わんっ」と吠えた。

茶々丸はひとしきり獅子丸の頭を撫でてから、慎介の前に立つ。

「明日の朝、こいつを迎えにきます」

慎介は寂しそうに獅子丸を見下ろした。

「しっかり精のつくような粥を用意してやりますよ」

「お願いします」

旅支度にかかるため帰ろうとする茶々丸を、怜治が呼び止めた。

「大事な物は、信頼できる者か、版元にでも預けていきな。売れっ子の住まいにも小判が眠っていると考える盗人がいるかもしれねえぞ」

茶々丸はおどけたように両肩を大きくすくめた。

「金銀財宝が、ざくざく出てくるってわけじゃないんですけどねえ。だけど万が一、盗られたら困る書物もあるから、誰かにしっかり留守を頼んでいくよ」

茶々丸の後ろ姿が見えなくなるまで、獅子丸はしっぽを振りながら戸口で見送っていた。

「盗人といえば――」

座布団の上に戻った獅子丸を眺めながら、綾人が眉を曇らせた。

「先日、おふさを捜していた夜に、どこかで見た覚えのある男とすれ違ったのですが――」

ためらうように口を閉ざした綾人を、怜治が肘で軽く小突いた。綾人は迷いを断ち切るように、激しく頭を振る。

「でも、そんなはずはないんです。だって、あの時の盗人たちはみんな、怜治さんが捕まえてくれたんですから」

怜治の顔つきが瞬時に険しくなった。

「見覚えのある男ってのは、まさか、おまえの奉公先を襲った押し込みの一人か⁉」

綾人はこめかみを押さえて、目を閉じる。

「いえ――おそらく本人じゃありません。だけど、思い返してみればよく似ていた――まるで兄弟か何かのような――」

怜治は過去の記憶を引きずり出すように、額の前で拳を揺らした。

「兄弟か……本人じゃねえんなら、綾人がすぐに気づけなくても仕方ねえ。どんなによく似ていたって、まったく同じ顔ってわけじゃねえんだからよ。だが、もし本当に身内なら、やっかいかもしれねえぞ」

綾人は目を開けて、まっすぐに怜治を見た。

「復讐ですか。身内を捕らえられた逆恨みで……？」

「取り越し苦労かもしれねえが、念のため、詩門《しもん》に調べてもらおう」

怜治は励ますように、綾人の肩を叩いた。

「今は、ただ、無事に獅子丸を送り出すことだけ考えようぜ」

「はい」

みなの視線が獅子丸に集まる。獅子丸は座布団の上に、ぺたりと伏せていた。明日に備えて早く休むとでも言っているように、くうぉーんと声を上げて大きなあくびをする。

ちはるの耳には、まるで「心配するな。大丈夫だ」と言っているように聞こえた。


翌早朝――慎介が安針町《あんじんちょう》の鳥屋から鶏肉を買ってきた。

安針町は魚河岸の中に組み込まれているような町で、鳥問屋が多く軒を連ねている。扱われている品は野鳥が主で、雉《きじ》、鴨《かも》、雀などが多いというが、飼育された鶫《つぐみ》なども出回っていた。

「雀でも買おうと思って行ったんだが、いい鶏肉を見つけてな」

かつて飼っていた犬が雀の肉を喜んで食べていたことを思い出した慎介は、獅子丸が出立する前に何としてでも鳥の肉を粥に入れてやりたくなって、居ても立ってもいられず、ちはるが起き出す前に安針町へ走ったのだという。

ちはるが調理場へ行った時には、もう粥ができ上がっており、冷めるのを待つばかりになっていた。

ちはるは粥に鼻を寄せて、くんくんとにおいを嗅いだ。中に入っている物は、鶏肉と、大根、水で戻した干し椎茸、小豆、白飯である。

「やっぱり鶏肉と魚は、においが違いますねえ。どんな味なんでしょうか」

慎介は首をかしげた。

「おめえ、鶏肉を食ったことがねえのか。雀なんかの小鳥や、猪肉、鹿肉も、食ったことはねえか？」

「夕凪亭では、薬食いになるような食材は扱っていませんでしたから」

薬食いとは、江戸で禁忌とされていた獣肉を、滋養をつけるための薬だと口実をつけて食べることである。特に寒中は、体を温かく保つために食べる者もいた。

寛永二十年（一六四三年）に刊行された料理書『料理物語』には「鳥の部」や「獣の部」も載っている。

「それじゃ、あとであまった鶏肉を食ってみるか？　さっと煮て、わさび醤油で食うのもいいし——塩胡椒を振って、焼くのもいいな」

ちはるは、ごくりと唾を飲んだ。

「料理の道を進む者としては、後学のために、いろんな食材を味わっておかないと——」

「おい、おれの分もあるんだろうな⁉」

左右の入れ込み座敷を突っ切る通路を、怜治がものすごい勢いで突き進んでくる。

「いつか朝日屋でも、鶏肉を扱う日がくるのかもしれねえよなあ？　どうしても薬食いがしたいという病人が、江戸で高名な医者に診てもらうため、朝日屋に逗留《とうりゅう》するなんてことが、ねえとは限らねえ。だったら、おれも朝日屋の主として、しっかり鶏肉の味を覚えておかねえとよ」

戯作者の茶々丸に勝るとも劣らぬ妄想力だと、ちはるは呆れた。慎介も苦笑いをしている。

「ちはる、おめえは茶々丸さんに握り飯を作ってさしあげな。おれは獅子丸の握り飯を作るからよ」

「はい」

獅子丸と茶々丸の旅の無事を祈りながら、ちはるは握り飯を作った。具は梅干だ。年が明けると、梅はどの花よりも早く咲く。厳寒に耐えて春を告げる花は縁起がよく、薬用としても使える梅干は、旅の供にぴったりだ。

握り飯とともに、卵焼きと沢庵《たくあん》も竹皮に包んだ。食後の菓子に、小蜜芋と蜜柑も用意しておく。

粥の熱さを確かめてから、慎介が獅子丸の前に器を置いた。獅子丸は盛大にしっぽを振りながら、粥を食べ始める。

おふさが獅子丸を見つめて、ため息をついた。

「この可愛らしい姿を見るのも、ついに最後なのねえ」

いつもより早くやってきて、おふさは獅子丸を撫でさすっていた。おかげ犬を引き止められないことは、さすがにわかっている。目に涙を浮かべながら「道中、気をつけてね」とくり返していた。

ちはるも獅子丸を見つめながら、旅の無事を祈った。

どうか、立派にお役目を果たして、飼い主のもとへ無事に帰れますように――。

茶々丸がついているので大丈夫だと思いながらも、獅子丸が険しい峠道を越えていく姿を思い浮かべると、胸が痛くなった。

神さま、どうか獅子丸にご加護を――。

やがて旅姿の茶々丸がやってきた。

獅子丸はすべて心得ているような顔で表へ出ると、茶々丸の隣に並んだ。

「それでは、みなさん、行ってまいります」

獅子丸と茶々丸を見送るため、朝日屋一同そろって通りに立つ。

ちはるは風呂敷包みを茶々丸に差し出した。

「お弁当が入っています。獅子丸の分もありますので、よろしくお願いいたします」

茶々丸は大きくうなずいて、風呂敷包みを受け取った。

その直後、獅子丸が後ろ足で立ち上がり、風呂敷包みに前足をかける。

「あっ」

茶々丸が風呂敷包みを落とした。

「大丈夫ですか⁉」

ちはるはすぐに拾い上げて、再び茶々丸に渡した。

が、蜜柑がひとつ道に転がっている。

ちはるは手を伸ばした。同時に、おふさも手を伸ばす。

蜜柑の上で、ちはるとおふさの手が重なり合った。

「あたしが――」

「わたしが――」

拾う速さを競い合うような心地になって、思わず一瞬睨み合った。

と、そこへ割り込むように、獅子丸が前足を伸ばしてくる。

――まあ、仲よくやんな――。

と言わんばかりに、ちはるとおふさの手の甲の上に、獅子丸は自分の前足をぽんと置いた。

獅子丸を見ると、しっぽを振りながら口をにぱっと開けて、笑っているような顔をしている。

ちはるは思わず声を上げて笑った。おふさも笑っている。茶々丸も、朝日屋のみなも、獅子丸を見て満面の笑みを浮かべていた。

獅子丸が「わん、わんっ」と吠えて、歩き出す。茶々丸があとに続いた。

おかげ犬と戯作者の旅は、山あり谷ありの珍道中になるのだろうか。

高く昇った朝日の中を行く一人と一匹の姿が見えなくなるまで、ちはるたちは通りにたたずんでいた。

第四話　雨の朝

「何でぃ。噂のおかげ犬は、もういねえのか」

そう言って食事処に入ってきたのは辰三である。朝日屋の人手が足りていないことについて苦言を呈してきた男だ。

土間の隅――獅子丸が寝床にしていたところを見つめていた辰三は振り返ると、入れ込み座敷を見渡した。

夕膳を楽しむ客たちで満席である。たまおとおふさがきびきびと動き回って、客に料理と酒を運んでいた。

感心したように目を細める辰三に、怜治が歩み寄った。

「いつまた来てくれるかと、ずっと待ってたぜ」

辰三は照れくさそうに顔をくしゃりとゆがめた。

「近所の者が、おかげ犬を見に朝日屋へ行ったら、新しい仲居が入って、膳を出されるのが早くなったと言うもんでな。まあ、でき立ての料理は美味かったし――もういっぺんくらい行ってみてもいいかなと思ってよ」

言い訳のような口調だが、ちはるの耳にまではっきり届く大声だった。不器用ながら、その場にいる全員に朝日屋への褒め言葉を伝えようとした様子だ。

ちはるは慎介と顔を見合わせて、満面の笑みを浮かべる。一歩間違えば、もう二度と来てくれなかっただろう客がまた足を運んでくれたことは、とても嬉しい。

綾人が客の草履をしまっている間に、怜治が辰三を調理場の近くの席へ案内した。辰三は腰を下ろしたあとも、きょろきょろと入れ込み座敷を見回している。

「どうやら上手く回り始めたようだな」

「おかげさまでな」

怜治はにやりと口角を引き上げた。

「辰三さんが心配してくれた、おしのも、そのうちまた手伝いに入ると思うぜ。そん時は、よろしくな」

辰三は目を丸くした。

「やっぱり、あの姉さんも使い続けるのかい」

「忙しい時には助っ人として頼もうと思っている」

信じられぬと言いたげに辰三は首をひねったが、忙しく立ち働いているおふさに目をやって、小さく息をついた。

「まあ――人は変わるからな。新しく入ったあの姉さんだって、いいとこの娘で、本当なら仲居になんてなるはずじゃなかったんだろう？」

「まあ、いろいろあってな」

軽く受け流した怜治の言葉に、辰三は大きくうなずいた。

「いろいろなぁ……おれも、あちこちで、いろいろ口を出し過ぎたよ」

おふさが運んできた酒を受け取って、怜治は辰三に注いだ。

「この前の一件を、うちの女房に話したんだ。そうしたら『おまえさんは気に入らないことがあると、すぐに文句を言う』って叱られちまった。『あんまりうるさく言って、出入り禁止になった店が何軒あるんだい』ってな」

怜治は面白がっているように、にかっと笑った。

「あんた、やっぱり嫌われ者だったのかい」

「やっぱりとは何だよ」

辰三はふてくされたように唇を尖らせて、酒をあおった。怜治は、ぱんっと力強く辰三の背中を叩く。

「まあ、うちには気軽に食べにきてくんな。気がついたことがあれば、また教えてくれ。あんたみたいな客のおかげで向上できることも、たくさんあるはずさ」

辰三は、ふんと鼻先で笑った。

「それじゃ遠慮なく入り浸るとするか」

「その意気だぜ」

怜治は立ち上がると、階段の下に陣取って入れ込み座敷を見渡した。客たちの様子に目を配っている。

怜治の視線が、ふと土間の隅に向いた。気づいたちはるも同じ場所を見つめる。

隣で包丁を使っていた慎介も、入れ込み座敷にいたおふさもたまおも、下足棚の前に立っている綾人も——いつの間にか、みな同じ一点へ顔を向けていた。

獅子丸は今、どの辺りにいるのだろうか。ちゃんと餌をもらって食べただろうか。茶々丸がついているので、大丈夫だとは思うが——。

みな同じことを考えているような表情をしている。

新しい客が入ってきて、やはり土間の隅に顔を向けた。

「何だ、おかげ犬は、もういねえのか。撫でたら、いいことがあったってやつがいたから、おれも恩恵に与《あずか》ろうと思ったんだがよ」

周囲の客たちが笑った。

「おれも、その口だ。昨日の朝に旅立ったと聞いて、がっかりしたんだが、おかげ犬には果たさなきゃならねえお役目があるんだから仕方ねえ。いつまでも、ひとつ所に留まっているわけにはいくまいよ。だが、ここで出された料理が滅法美味かったんで、これが恩恵だと思うことにしたのさ」

「違いねえ。おれも朝日屋に来たのは初めてだが、おかげ犬のおかげで、いい食事処が見つかったぜ」

周囲の客たちの言葉に、今入ってきたばかりの男はうなずいた。納得顔になって、入れ込み座敷へ上がっていく。

ちはるの胸が、じんわりと熱くなった。

獅子丸のおかげで、また新しい客が増えた。入れ込み座敷のあちこちで、獅子丸の話をしながら料理を食べている者たちが何人もいる。

みな笑顔だ。

もっと客の笑顔を引き出すような料理を作りたいと思いながら、ちはるは慎介とともに次々と新しい膳を用意していった。

おかげ犬が朝日屋に泊まったという話は、甲州《こうしゅう》街道にまで広がっていたらしい。

獅子丸が旅立った翌々日の昼過ぎには、甲斐からやってきたという旅人が朝日屋の暖簾をくぐった。

「おれが、おかげ犬の話を聞いたのは、府中《ふちゅう》だったよ。日本橋から来たっていう二人連れが『おかげ犬は、朝日屋という旅籠に泊まっていた』と話してたんだ。それで、日本橋へ着いてすぐ、目についた店の奉公人に聞いたさ。そうしたら『間違いなく、朝日屋さんに泊まっていました』って教えてくれたよ。おれも、おかげ犬に会ってみてえと思って、ここへ来たのさ」

綾人が用意した盥の湯で足をすすぎながら、旅人は土間の隅へ目をやった。綾人は申し訳なさそうに頭を下げる。

「あいにく、おかげ犬はもう当方におりませんで——」

旅人はあっさりとうなずいた。

「仕方ねえ。おかげ犬には、お役目があるずら？」

「はい。飼い主の平癒祈願でございました」

旅人は感心したように目を細める。

「遊びにきたおれとは、やっぱり、わけが違うなぁ」

足を拭き終わった手拭いを綾人が受け取ると、たまおが旅人に歩み寄った。

「二階のお部屋へご案内いたします」

うなずいて、たまおのあとに続こうとした旅人が、ふと調理場を振り返る。

「数日泊まらせてもらいてえんだが、その間に、海の幸は出してもらえるけ？」

慎介が調理台の前に出る。

「何か、ご希望の魚がおありですか？」

旅人は困ったような表情で、もじもじと振り分け荷物の紐をいじる。

「ご希望って言われると、自分でもよくわからんのだが……海の魚とか、海の貝とか……ええと、あとは、川海苔《かわのり》じゃなくて海の海苔……？」

ちはるは思わず、まじまじと旅人を見つめてしまった。

山間の渓流の岩に着いた藻を川海苔として食べると聞いたことがあるが、ちはるはお目にかかったことがない。「川海苔じゃなくて海の海苔」という言い方も、初めて聞いた。

ちはると目が合った旅人は気恥ずかしそうな顔で、ぶんぶんと手を横に振った。

「いや、気にしないでくれ。海のねえ国から来たもんで、海の物をたくさん食いてえと思っただけなんだ」

ちはるは、なるほど――と感じ入った。ここは旅籠だから、さまざまな場所から旅人がやってくる。江戸で生まれ育ったちはるにとっては珍しくないものを珍しがったり、逆に、ちはるが驚くようなものを当たり前だと思う人々も訪れるのだ。

慎介がにこやかにうなずいた。

「それでは、のちほどお部屋に伺わせてください。お好みを教えていただければ、お口に合いそうな海の幸を、ご用意できるかと思います」

旅人は、ぱっと満面の笑みを浮かべる。

「いいのけ？　それじゃ、待ってるよ！」

暖簾をくぐってきた時よりも足取り軽く、旅人は弾むように階段を上っていった。

たまおが客室へ茶を運んでいったあと、ちはるは慎介とともに、長吉郎《ちょうきちろう》と名乗る旅人のもとを訪れた。

「うちは甲州街道沿いで、蕪屋《かぶらや》という草履屋を営んでいます。先祖は蕪を作る百姓だったらしいが、いつの間にか、草履屋になっていたそうでね」

長吉郎は茶を美味そうに飲んで、ほうっと息をついた。

「おれの死んだ親父は『一度でいいから海が見てえ』と、ずっと言ってた。だが、一度も海を見ることなく死んでいった。今のおれと同じ、五十九の時さ」

長吉郎は照れたような微苦笑を浮かべる。

「年が明けりゃ、おれも六十――親父の歳を越しちまう。その前に、どうしても海が見たくなったんだ。うちには草鞋《わらじ》も置いてあるから、草鞋を履き替えてえ旅人がよく寄るんだけどね。その姿を見ていると、どうしても海がある町まで旅をしてみたくなって――死んだ親父の代わりにさ――」

居住まいを正した慎介が「なるほど」と相槌を打つ。

「それで、わざわざこの寒い時期を選んで江戸までおいでなすったんですね？　甲州街道沿いにある店となれば、歩きやすい季節には、草鞋を履き替える旅人も多いでしょうからねえ」

長吉郎はうなずいた。

「草鞋を売っているのはうちだけじゃねえし、店はもう息子に譲ってあるから、いつ出かけても大丈夫なんだがね——みんなが働いている時に物見遊山っていうのも、何だか悪くてねえ。時機を窺っていたら、今になっちまったのさ。だけど今を逃したら、おれも、もう歩けなくなるかもしれんしな」

長吉郎はもうひと口茶を飲んで、慎介を見た。

「江戸へ着いた時に『土用鰻』って幟《のぼり》を見たんだが、江戸では夏の土用の丑《うし》の日以外でも、鰻を食う習わしがあるのけ？　夏痩せしないために鰻を食うとは、よく聞くが——」

慎介は「ははあ」と首をひねった。

「その鰻屋は、鰻を売りたい一心で、年に四度の土用の間はおそらくずっと、その幟を立てているんでしょうな」

土用といえば、夏土用を指すことが多いが、各季節にある。陰陽五行説《いんようごぎょうせつ》に基づいた季節の変わり目を意味しており、具体的には、立春、立夏、立秋、立冬の前の十八日間を指している。

「夏痩せを防ぐのに鰻がいいということは、『万葉集』や『養生訓《ようじょうくん》』にも書いてあるそうですが、夏土用の丑の日に鰻を食べるといいってのは、ここ何十年のことだそうで」

慎介の言葉に、長吉郎は大きくうなずく。

「平賀源内《ひらがげんない》ってやつが言い出したんずら？　ほら、あの、酒を供えると天神さまの顔が赤くなる掛軸とか、えれきてるとか何とかってやつを考えた、学者だ」

慎介は同意するように微笑んだ。

「世間では、そのように言われておりますが、事の真偽は、はきとわからないようで――実は、神田で『丑ノ日元祖』と名乗っている蒲焼屋もあるようでございます」

長吉郎は目を丸くして「てっ！」と叫んだ。

「それは初めて聞いた。どっちが本当なんずらか」

慎介は笑いながら首をかしげる。

「わたしどもにも、わかりかねます。しかし、鰻という生き物にはわからないことが多いと聞きますので、わからないまま召し上がるのも乙なものかと存じます」

長吉郎は「なるほど」と納得顔になった。

「朝日屋でも、鰻は出るのけ？」

慎介は首を横に振る。

「残念ながら、うちでは鰻を扱っておりません。鰻を裂くのには専門の包丁や技が必要なので、鰻を扱っている職人たちの店へ行っていただくしかございません」

慎介は丁寧に頭を下げた。

「本日の夕食は、外で鰻を召し上がりますか？　もしよろしければ、鰻の店をご案内いたしますが――」

「いや、それには及びません」

長吉郎は慌てたように首を横に振った。

「おれは朝日屋に来たんだから、まずは朝日屋の飯を食いてえ。海の幸は、何でもいいんで、お任せしますよ」

慎介は表情を引きしめて一礼した。

「では、これから魚河岸へ行ってまいります」


朝日屋から魚河岸までは、あっという間だ。ほんの五町（約五五〇メートル）ほど歩けば、すぐに着く。

日本橋川北岸の通りに立ったちはるは辺りを見渡して、ため息をついた。吐く息が白く宙に昇っていく。

早朝であれば、魚を求める者たちで溢れ返っている魚河岸も、昼をだいぶ過ぎた今は閑散としていた。寒さが、ぐっと身に染みる。

ちはるは慎介を振り返った。

「やっぱり今日はもう、どこも店を閉めていますねえ。夏になれば、夕河岸の市が立つんですけど――」

夏の夕河岸の主役は鯵《あじ》だ。江戸では鯵が一年中売られており、棒手振も鯵を売り歩いていたが、特に夏の夕方に売られる物は「夕鯵」と呼ばれ、江戸の風物詩ともいわれていた。

慎介は無言で、すたすたと通りを歩いていく。そのあとを追いながら、ちはるは左右に目を走らせて、開いている店がないか確かめた。

鉄太の店も閉まっている。朝であれば、ずんと体の芯を突くような鉄太の美声が聞こえてきたであろうに――鉄太であれば、長吉郎が喜びそうな「海の幸」を一緒に考えてくれたであろうに――と、ちはるは残念に思った。

「今日の夕膳には鯵の南蛮煮を出しますけど、それだけじゃ駄目ですかねえ。他の海の幸は、また明日のお楽しみってわけにはいかないでしょうか」

「馬鹿野郎」

慎介は振り向きもせずに歩き続ける。

「長吉郎さんは、海の幸を味わいたいと夢見て、江戸へおいでなすったお人だぞ。そのお人が、江戸で初めて食べる膳なのに、お出しするのが鯵一匹ってんじゃあ申し訳が立たねえ。それに、朝日屋が何で魚河岸の目と鼻の先にあるのか、おめえはまだわかっていねえのか」

慎介は肩を怒らせて足を速めた。ちはるは小走りでついていく。慎介の背中は「おまえには客をもてなす心がない」と、ちはるを激しく責めているようだった。

「すみません」

懸命に足を動かしながら追いついて、頭を下げると、慎介は少し足をゆるめた。

「ありがたいことに、今の朝日屋には大勢のお客さまがいらっしゃる。お客さまの望みをすべて叶えていくことは無理かもしれねえ――いや、絶対に無理だという日もあるだろう。横暴な振る舞いを押し通そうとする客に対しては、毅然《きぜん》と断らなきゃならねえしな。だが、できることがあるのなら、少しでもお客さまの気持ちに応えなきゃならねえと、おれは思う」

慎介は左に曲がった。行く先を、はっきりと決めているようだ。

「今日お泊まりのお客さまは、たまたまだが、長吉郎さんお一人だ。二階の分だけ『海の幸』膳に変えても、大丈夫だろうよ。食事処の客たちの目に触れたとしても、きっと文句は出ねえ。出たとしても『仕入れの都合で、食事処とお泊まりのお客さまのお膳が本日は少々変わりました』と言えばいいんだ。実際、苦肉の策でそうしなきゃならねえ場面がこれから出てくるかもしれねえぞ。海の幸も、山の幸も、みんな生き物だからな。こっちの都合に合わせて、ひょこひょこ出てきてくれるわけじゃねえんだ。臨機応変に動くってこともしなきゃならねえ」

「はい――」

慎介が立ち止まった。

大きな魚問屋の前だ。「恵比寿屋」と書かれた屋根看板が見える。

「ここって、藤次郎さんの――」

ちはるの胸が、ぽっと温かくなった。藤次郎であれば助けてくれるかもしれないという希望が湧いてくる。

だが、恵比寿屋もすでに閉まっている――。

ちはるは慎介を見上げた。

「いくら藤次郎さんでも、魚がなければ売れないんじゃありませんか。ひょっとして、ご先祖さまが佃島の漁師だという利々蔵さんに、これから釣ってきてもらうんですか？」

自分で聞いておいて、ちはるは即首を横に振った。

「いや、もし、そんなお願いを聞いてもらえたとしても、これから釣ってくるんじゃ食事の支度が間に合わないんじゃありませんか。臨機応変で、長吉郎さんの夕膳だけ遅くしてもらうんですか。だけど利々蔵さんが類まれな釣り名人だったとしても、それこそ生き物が相手なんですから、必ず釣れるとは限りませんよね？」

慎介は口角を引き上げて、にやりと笑った。

「魚は必ずある。恵比寿屋には、生《い》け簀《す》があるんだ」

ちはるは、あんぐりと口を開けた。

「生け簀――⁉」

慎介はいたずらが成功した子供のような顔で、ちはるの肩に手を置いた。

「おめえは知らねえか？　生け簀ってのは、獲った魚を生かしておく仕かけでよ。この辺りじゃ、江戸橋にある活鯛《いきだい》屋敷の生け簀が有名だな」

活鯛屋敷とは、寛政四年（一七九二年）に幕府が江戸橋際に設けた魚納屋役所の俗称である。御納屋《おなや》、御肴《おさかな》役所とも呼ばれた。門の中には台所があり、蒲鉾台や焼き台、大きな生け簀などが備えられていた。役人が御用魚の買い上げを行い、慶事や不漁の備えなどに使う魚を常に用意しているのである。

「恵比寿屋の生け簀は、そこまで大きくはねえがよ。何かしら常に魚を入れてあると聞いた。売り物じゃなく、釣り好きの若え衆が釣ってきた魚を入れる、水船《みずぶね》（水槽）もあるらしい」

ちはるは開けっ放しだった口を閉じて、ほうっと息をついた。

「それならそうと、早く言ってくださいよ！」

慎介は笑いながら、ちはるの肩を軽く叩いた。

「おめえが早々にあきらめかけていたからよ」

ちはるは、はっと息を呑んだ。慎介が真顔になる。

「おれが何で福籠屋を魚河岸の近くに開いたのか――朝日屋が魚河岸の近くにある素晴ら

しさが、やっとわかったか？　魚河岸の近くにいれば、魚は必ず手に入る。当たり前と言えば当たり前だが、その立ち位置を誰もがみんな手にできるわけじゃねえんだ。すぐそこにあっても、知らなきゃ手に入らねえ物事はたくさんある」

藤次郎が利々蔵を朝日屋に連れてきた時のことが、ちはるの頭によみがえった。

一流の目利きを目指す利々蔵は、あちこちからいろんな話を聞き込んでくるので「聞き蔵」と言われることもあるという。

慎介は言っていた。

――魚を見るのと同じくらい、人を見るのは大事なことだ――人の話をいろいろ聞いてくるってことは、それだけ人と交わって、相手に打ち解けてもらっているって証だ――。

現に、恵比寿屋に生け簀があることを、ちはるは知らなかった。慎介のほうが魚河岸とのつき合いが長いといっても、それはそれだ。今のちはるだって、藤次郎や鉄太と親しく話せるようになっている。

だが、生け簀や水船の話は聞いたことがない。

目の前で売られている魚への関心だけで、ちはるの頭がいっぱいになってしまっていたからではないだろうか。

もっといろんなことに目を向けなければならない。もっといろんな人の話を聞かなければならない。もっと学びを広げ、深めなければ――。

ちはるは両手の拳を握り固めた。

「まあ、あせることはねえがよ」

慎介に、ぽんと背中を叩かれた。

「足元に目を凝らさなきゃならねえ時と、少し遠くを見なきゃならねえ時――それから、もっとはるか先に目を向けておかなきゃならねえ時もあるんだと、覚えておきな」

「はい」

勝手口へ回る慎介のあとを、ちはるはしっかりとついていった。

声をかけると、若い衆が出てきて、藤次郎に取り次いでくれた。

土間で待っていると、すぐに藤次郎が姿を現して、事情を聞いてくれる。

「海を知らねえ者に、海の幸を――なるほど――慎介さんのお気持ちは、よくわかりました」

藤次郎は思案顔になったのち、後ろに控えている利々蔵を振り返った。

「おい、さっきのやつを持ってきな」

「へい」

いったん奥へ下がった利々蔵が、やがて木桶《きおけ》を抱えて戻ってきて、上がり口に置いた。

利々蔵が蓋を取った瞬間、桶の中を見た慎介が大きく目を見開いた。

「こいつは――」

ちはるも桶の中を覗き込んで仰天する。

利々蔵が桶の中を手で差し示した。

「羽田《はねだ》の穴子《あなご》でございます」

しかも、まだ生きている。

桶の中に入れられた三匹の穴子たちは、うねうねと元気よく身をくねらせていた。

ちはるは感嘆の息をつく。

「活きがいいですねえ。しかも、大きくて立派！」

藤次郎が「あたぼうよ」と胸を張る。

「まさに今この時に合わせて用意してたんだぜ」

誇らしげな藤次郎に向かって、慎介が眉根を寄せる。

「せっかくの注文が取りやめになったのかい。いったい何だって、そんな」

藤次郎は苦笑しながら眉尻を下げた。

「いや、仕方ねえんです。知り合いにちょいと頼まれて、穴子好きな爺さんのために上物を用意したんですが――ついさっき利々蔵に届けさせたら、間が悪く、ご臨終の直後だったそうで」

ちはるは思わず「えっ」と声を上げた。慎介も「そいつは、また……」と言ったきり、二の句が継げない。

藤次郎は後ろ頭をかきながら穴子を見下ろす。

「今年の夏、爺さんは精をつけるためによく穴子を食っていたそうなんです。夏痩せに効くのは鰻だとよく言いますが、爺さんは穴子のほうが好きだったそうなんでさ。『鰻より、あっさりしていて食べやすい』なんて言って、喜んでぺろりと食うもんで、家の者がしょっちゅう煮たり焼いたりしていたそうです」

藤次郎は切なげに目を細めて、ため息をついた。

「穴子の旬は夏だが、実は冬でもいいのが獲れると聞いた爺さんの家の者が、知り合いを通しておれに注文してきましてね。いよいよ衰えてきた爺さんに、何とか無事に年を越して欲しいと思ったそうなんだが——」

藤次郎は利々蔵に向かって小さく顎をしゃくる。話の先を促された利々蔵は、軽く一礼してから口を開いた。

「藤次郎兄ぃの言いつけで穴子をお届けに参りましたら、その場にいらしたみなさまが泣き崩れていらっしゃいまして。注文した穴子をそのまま引き取るとおっしゃられたんですが、報せを聞きつけたご親族が駆けつけたりで、とても穴子どころじゃございませんのは百も承知、二百も合点《がってん》。そんなご事情ですので、お代は不要と申し上げ、穴子を持ち帰ってまいりました」

藤次郎がそっと桶のふちを撫でた。

「三匹とも、黄金色の腹を持つ穴子です。海の幸として、甲斐のお方にお出ししちゃあいかがですか」

慎介が唸った。

ちはるは穴子を凝視する。黒い背中が艶々と輝いていた。生きた穴子をこんなに間近で見るのは初めてだ。

「お腹のほうは黄金色なんですか？」

藤次郎が「おう」と答えて、再び利々蔵を顎でしゃくった。

利々蔵は心得顔で穴子を一匹つかんで、ちはるの前に掲げる。

「あっ、本当だ――」

うねる穴子の腹は、確かに黄金色だった。

利々蔵は右手でしっかと穴子の頭をつかんだまま、左手で穴子の腹を指差した。

「腹が黄色味がかっているやつは、脂が乗っています。腹の白いやつはあんまり脂がねえんで、穴子を選ぶ時には腹の色を見てくだせえ。脂がねえと、煮たり焼いたりした時に、ふんわりやわらかく仕上がりません」

「はい、わかりました」

利々蔵はうなずいて、穴子を桶に戻した。その様子を見守っていた藤次郎が慎介に向き直る。

「いかがです？」

「ぜひ使わせてもらいてえ」

二人の声が重なり合った。

藤次郎は、にっと口角を引き上げる。

「鯛や牡蠣も、少しならお分けできますぜ」

慎介は満面の笑みを浮かべて「ありがてえ」と頭を下げた。その隣で、ちはるも深々と頭を下げる。火の気のない土間は冷えていたが、胸の中がぽっと温かくなった。


魚河岸から帰る道すがら、慎介と献立を練り直し、長吉郎には煮穴子を出すと決めた。

朝日屋に帰ると、さっそく下ごしらえに取りかかる。

「穴子には、ぬめりがあるからな。これをしっかり取らなきゃならねえ」

「はい」

慎介が穴子の首に包丁を入れて絞める。ちはるは動かなくなった穴子を一本、手にした。

「よく洗えよ。ぬめりが残っていると、くさみが出るからな」

「はい」

慎介に教えられた通り、頭から尾に向けて、たっぷりの塩でしごく。白く浮き出てきたぬめりを、ごしごしと手で落としていく。

「そのあとは、しっかり水で洗え」

「はい」

何度も水を替えて、これでもかというくらい、丁寧にぬめりを取った。

三本とも洗い終えると、慎介がぬめりの有無を確かめる。

「――よし。おれが一本裂くから、横で見てろ」

「はい」

まな板に載せた穴子に、慎介が目打ちを打った。穴子の目に突き刺さった目打ちの先が、まな板に突き刺さっている。

「裂くのは、小出刃包丁でいい」

穴子の背のほうから、鮮やかな手つきで身を開き、はらわたや骨を取り除いていく。頭を落とされ、汚れを落とされた身は、白く美しかった。

慎介は裂いた穴子を見下ろしながら、うなずく。

「これは長いまま煮よう。あとの二本は、みっつに切って煮て、おれたちで味を見るとするか」

ちはるは思わず顔をほころばせた。慎介が、くすりと笑う。

「他のお客に出す分はねえしな。みっつに切り分ければ、ちょうど六人分になって、数も合う」

「はい！」

穴子一本が丸々入る大きさの鍋に、たっぷりの酒を沸かす。同量の水を入れて煮立たせ、砂糖と醬油を入れて再び沸いたところへ、そっと穴子を入れていく。

「落とし蓋をして、四半時ほど静かに煮る。あくが出てきたら、すくうんだ」

「はい」

「おれが鍋を見ているから、おめえは穴子の骨を焼いておけ」

ちはるは調理台の上を見た。先ほど慎介が取り除いた長細い骨が、笊《ざる》の上に載っている。

「骨も使うんですか？」

慎介は鍋から目を離さずに、うなずいた。

「たれを作るのに使う。穴子を煮終わったこの汁に、みりんを足して煮詰め、皿に盛ったあとの煮穴子に塗るんだが――煮詰める時に焼いた骨を入れると、またいい出汁が出て、たれに香ばしさが出るんだ。こくも出る。決して黒焦げにしちゃならねえぞ」

「はい」

ちはるは七輪で穴子の骨を焼いた。焦げくささが出ぬよう、慎重に火の当たり具合を確かめる。

やがて穴子が煮上がった。慎介がたれを作っている間に、ちはるは鰺を塩焼きにしていく。

本日の長吉郎の夕膳は、煮穴子、鯛の刺身、鯵の塩焼き、焼き牡蠣、白飯——汁物は、人参、大根、牛蒡がたっぷり入った醬油仕立ての汁だ。食後の菓子は小蜜芋である。

食事処の客たちの夕膳は、あらかじめ考えていた通り、鯵の南蛮煮、煎り豆腐、こんにゃくの甘辛煮、小松菜の煮浸し、白飯——汁物と食後の菓子は、長吉郎の膳と同じだ。

用意が整う頃合いを見て、たまおたちが調理場へ集まってきた。

食事処の膳の味を各自が確かめたあと、ちはるは器によそった煮穴子を配る。

「刺身や牡蠣は、長吉郎さんの分しかねえが、この煮穴子は味を見ておいてくれ。鰻との違いなんかを聞かれるかもしれねえ」

慎介の言葉に、おふさが長吉郎の膳を見て首をかしげた。

「穴子って、にょろんと長くて、鰻とよく似ていますよねえ」

慎介がうなずく。

「だが穴子は海の物だから、きっと長吉郎さんも食べていねえだろう。鰻と食べ比べていただくのもいいかもしれねえ」

たまおが自分の穴子の器を手にして、にっこりと目を細める。

「綺麗に色づいていますねえ。淡い醬油色に染まった穴子と、たれの照り——見ているだけで、幸せな気分になるわぁ」

怜治がごくりと唾を飲む。

「見ているだけなんて、冗談じゃねえ。おれは食うぜ」

大口を開けて、頬張った。怜治に釣られたように、みなもそろって口に入れる。

「んっ――！」

みな一斉に目を見開いて、短く唸った。

無言でもぐもぐと嚙み、食べ終えると、ほうっとため息をこぼす。

「ふんわりしていて、とても美味しかった――」

おふさが夢見るように宙を仰げば、たまおもうっとり目を閉じる。

「本当に――ふっくらふわふわ、とってもやわらかい――」

綾人がたおやかに微笑んだ。

「舌の上で、とろりと溶けるようですね。食べたこちらの舌も、とろけそうになってしまう」

怜治が嚙みつくような目で、ちはるを見た。

「お代わりはねえのか⁉」

「ありません」

短く答えて、ちはるは口をつぐんだ。もう少し、甘くやわらかな穴子の味わいを口の中に留めておきたい。

一人だけ平然とした顔をしていた慎介が満面の笑みを浮かべた。

「その様子じゃ、長吉郎さんにも喜んでいただけそうだな」

みな大きくうなずく。慎介は満足そうに笑みを深めた。

「よし、お運びしてくれ」

「はい」

たまおが膳を持ち、調理場を出ていった。

綾人が表の掛行燈に火を灯すと、食事処の客たちが入ってきた。

「今日は冷えるなぁ。日が落ちて、一段と冷え込みが増してきたぜ」

「さっき雪がちらついていたよ」

「どうりでなぁ。熱燗《あつかん》が恋しくなるはずだ」

入れ込み座敷から聞こえる声に、ちはるは表口を見つめた。客が出入りする戸の隙間に目を凝らすが、調理場から雪は見えない。ほんのわずかな間だけ降って、すぐにやんだのだろうか。竈の近くにいたので、寒さも気にならなかった。

たまおが二階から戻ってくる。

「長吉郎さん、海の幸の膳をとても喜んでいらっしゃいましたよ」

たまおは、くすりと思い出し笑いを漏らした。

「煮穴子のこと、最初は鰻の煮つけかと思っていらしたんです。甲斐のほうでも鰻はよく獲れるそうで、たまに焼いた鰻を召し上がっていらしたとのお話でした。『江戸では煮つけが人気なのけ？』とおっしゃいながら、わたしの前でひと口召し上がったんですけど——鰻だと思い込んでいらしたから、穴子を噛みしめながら『江戸の鰻は上品な味だなぁ』って、そればかり——」

慎介が眉尻を下げた。

「やっぱり穴子は初めてだったか」

たまおがうなずく。

「これは鰻ではなく穴子ですと、何度申し上げても、なかなか信じていただけなくて——慎介さんに教わっていた通り『穴子は姿形が鰻に似ているので、海鰻とも呼ばれますが、違う生き物なんです。日中は海の砂泥の穴の中に潜っているから、穴子と呼ばれるようになったんですよ』とくり返して、やっと信じていただけたんです」

ちはるは一本丸々煮られた穴子の姿を思い返した。

確かに、穴子は鰻とよく似ている。違う生き物だと知っている者でも、言われなければ、気づかないまま食べてしまうかもしれない。

慎介が微苦笑を浮かべた。

「鰻に比べて、穴子は味が落ちるなんて言っている者もいるが、香ばしく焼いて、たれを塗れば、さらにわかりづらくなるからな。さっき、たまおにも言ったが、焼いた穴子を『あぶり鰻』と偽って売る者もいるらしい」

「そのお話をしたら、長吉郎さんも驚いていらっしゃいました。江戸見物をする際に、江戸前の鰻も食べてみたいとおっしゃっていたんですが、もし穴子くさい蒲焼きを見つけたら『これはあぶり鰻ってやつで、正体は穴子じゃねえのか』と聞いてみるって、笑いながらおっしゃっていました。甲斐の鰻とも、食べ比べをしたいそうです」

鯛の刺身や、殻つきの牡蠣にも目を輝かせていたという長吉郎の姿を思い浮かべながら、ちはるは目を細めた。

しばらくして、たまおが長吉郎の膳を下げてきた。器はすべて綺麗に空になっている。

「どれも全部美味しかったと、たいそうお喜びでしたよ」

たまおも嬉しそうな笑みを浮かべている。

「特に煮穴子は、とても気に入っていただけたようです。『小雪もふわり、穴子もふわりで、夢心地の身も心もふわりだ』と、歌うようにおっしゃって――」

たまおが部屋に入った時、長吉郎は窓から外を眺めていたという。

「江戸の町は夜も明るいんだねえと、驚いていらっしゃいました。長吉郎さんがお住まいの村と、日本橋は、だいぶ景色が違うようで――まるで異国へ来たようだと、感慨深げに目を細めていらっしゃいました」

たまおは天井を仰いだ。

「亡くなったお父さまにも江戸の町並みを見せたかったと思っていらしたのかもしれませんね」

ふわり、ふわりと舞う小雪は、長吉郎の目に優しく映っただろうか。

暮れた空の下、ぎっしりと並び立つ建物の灯りを目指すように降る雪は、ひょっとしたら長吉郎の父親の魂なのではないかと、ちはるは思った。

涙雨ならぬ、涙雪――悲しみの涙ではなく、息子を見守り、ともに旅する亡父からのささやき声のような――。

「鯛の刺身にも感激なさっていましたよ。生魚を召し上がることなど、これまで、めったになかったそうです。鯉の刺身は召し上がったことがあるそうなんですが、やっぱり海の魚の刺身ということで、鯛をありがたがっていらっしゃいました。鯵の塩焼きも、焼き牡蠣も、手を加え過ぎず素朴に焼いた物にして正解でした。『これが海の味か』と、夢中で味わっていただけたようです」

たまおが微笑みながら、ちはるに目を向ける。

「小蜜芋のご説明をした時には、お国自慢が始まったのよ」

ちはるは、きょとんと目を瞬かせた。

小蜜芋は、焼き芋で作った餡を小麦粉の薄皮で包んだ、小さな芋形の菓子だ。恥ずかしくて自分で焼き芋を買いにいけないお嬢さんたちに食べて欲しいという思いをもとに、ちはると慎介が考えた。

「さつま芋って、甲斐のほうでも盛んに作られているんですか？」

たまおは笑いながら首を横に振る。

「さつま芋じゃなくて、ぶどうなの」

慎介が大きくうなずいた。

「甲州ぶどうは、神田の問屋にも入ってくる。須田町《すだ》が有名だな」

神田には、江戸で一番大きなやっちゃ場（青物市場）がある。多町《た》、連雀町《れんじゃく》、須田町、佐柄木町《さえき》、雉子町《きじ》にまたがる青物五ヶ町で、市場が成り立っていた。

「ぶどうは江戸でも栽培されているが、甲州のぶどうが一番だと言って、欲しがる者も多い」

慎介の言葉に、たまおは目を細めた。

「甲斐には海がないけれど、ぶどうならどこにも負けないと、胸を張っていらしたわ」

ちはるは首をかしげる。

「ぶどうと小蜜芋は、どこでどう繋がるんですか？」

「砂糖を溶かして練った物に、ぶどうを一粒ずつ浸して、白く覆ったお菓子があるんですって」

ちはるは目を丸くした。

「ぶどうを砂糖で覆うんですか！　それも一粒ずつ！」

何て贅沢で、手間のかかる菓子なんだろうと、ちはるは思った。

白い皮で芋餡を包んだ小蜜芋と、白い砂糖の液に浸したぶどうの菓子――なるほど、両方とも白い物で覆われている。長吉郎が小蜜芋を見て、ぶどうの菓子を思い出したという話にも合点がいった。

ちはるの頭に、ふと蜜柑が浮かぶ。

慈照が言っていた、蜜柑の餡握り――丸ごと餡で包んでしまうと、黒い饅頭や大きな牡丹餅のようになって、膳の上に載せた時に見た目がどうかと思ったが――白餡にしたら、どうだろう。羊羹に蜜柑を入れてみることも考えたが、白餡で包むか、いっそ蜜柑を入れた大福にしてしまえば、爽やかな色合いになって、新春の菓子にふさわしくなるのではないだろうか――。

「長吉郎さんは明日から三日間、江戸見物をして、そのあと江ノ島へ向かわれるそうです。江ノ島で年越しをなさるそうですよ」

たまおの声に、ちはるは引き戻された。蜜柑と白餡が、ぱっと頭から消える。

「親類の昔馴染みのところで、お世話になるんですって。『漁師の家だから、そっちでも海の魚がたっぷり食べられるはずだ』と、それはもう嬉しそうなお顔で――」

たまおは感心しきりの表情で息をついた。

「波が荒れていなければ、漁船にも乗ってみたいとおっしゃっていました」

真冬の海を想像しただけで、ちはるの背中がぶるりと震えた。

旅の醍醐味は、やはり日常との違いを楽しむことだろう。しかし漁船で海に出たいとまで考えているとは、すごい。もし波をかぶれば凍えてしまいそうだし、万が一どぼんと海へ落ちたりしたら――と、その場面を思い浮かべただけで、ちはるの背筋にぞくぞくと悪寒が走った。

おふさも同じ想像をしたようで、唖然としたように目を見開いている。

「寒さを物ともせずに、とことん海を堪能なさるおつもりなんですねえ」

下げてきた膳をしみじみと眺めて、たまおは目を伏せた。

「いつ何があるかわからない歳になったという思いが強いんでしょうね」

そう言いながら、たまおは死んだ亭主を思い出しているような表情になった。

年が明ければ六十になり、死んだ父親の歳を越してしまうと、長吉郎は言っていた。

だが、人は歳にかかわらず、死ぬときは死ぬ。たまおの亭主も、ちはるの両親も、みな死んだのは六十になる前だ。幼い子供が無事に育つかさえわからぬ世の中なのである。

「悔いのないように生きなくちゃね」

明るい声を上げて、たまおは口角を引き上げた。

調理場から客席を見渡して、今はここが自分の生きる場所だと改めて胸に刻み込んでいるような表情になる。

「おふさちゃん、行きましょう」

「はい」

たまおとおふさが入れ込み座敷へ戻っていく。

その後ろ姿を見送って、ちはるは慎介とともに包丁を握り直した。

旅の醍醐味が日常との違いならば、旅籠の料理でも「これはなかなか家では食べられないぞ」という感動を味わってもらいたい。

長吉郎の場合、それは海の幸だ。

朝日屋が魚河岸に近いという、地の利を活かした料理で喜んでもらいたいと、ちはるは意気込みを新たにした。

火盗改の柿崎詩門が朝日屋に顔を出したのは、その翌日である。長吉郎が江戸見物へ出かけ、ちはるが朝膳の器などを洗い終えたあとのことだった。

たまおとおふさは客室の掃除をしていたので、ちはるが入れ込み座敷へ茶を運んでいく。

「先日、怜治さんが言っていた男は、やはり四年前に捕らえた盗人の身内でした」

腰を下ろすなり、詩門が口を開いた。

「名は清吉《せいきち》。鬼《おに》の又蔵《またぞう》の弟です」

怜治の肩が一瞬びくりと跳ねた。

「背中に鬼の彫り物があるから、あだ名に『鬼』がついていたが、情に厚いと仲間内で言われていたな。『仏《ほとけ》の又蔵』と呼ぶ者もいた」

詩門が、すっと目を細める。

「何と呼ばれようが、しょせん悪党は悪党です。獄門台《ごくもんだい》に晒《さら》されて当然の男でした。あなたは多少同情の目を向けていたようですが――」

怜治は自嘲めいた笑みを浮かべる。

「お裁きに不服はなかった。ただ、弟のことを話す又蔵の顔つきが、やけに優しげで――ちょいとやるせない思いに駆られちまったのさ」

詩門は厳しい表情で怜治を見すえた。

「どんな事情があろうと、犯した罪は消えません。わたしたちが駆けつけるのが、あと少し遅ければ、綾人だって間違いなく殺されていたでしょう」

「わかってるさ」

ちはるは調理場へ戻りながら、思わず聞き耳を立てていた。

かつて綾人が遭遇した事件に関わりのある話だ。気にならないはずがない。調理場から、ちらちらと入れ込み座敷の様子を窺ってしまう。慎介も調理台の前に立ちながら、入れ込み座敷へ目を向けていた。

「清吉は、しばらく江戸を離れていたはずだったが、なぜ舞い戻ってきた？　この四年の間、おれへの恨みが消えなかったのか？　賊が押し込むというねたを手にして上へ報せたのは、おれだからな」

「わかりません」

詩門は即答した。

「確かに、あなたは下っ引きの話を上手く拾い上げた。けれど、清吉の恨みがあなただけに向くとは限らない。ねたをつかんだ下っ引きかもしれないし、その下っ引きを使っていた岡っ引きかもしれない。または火付盗賊改長官か、当日『盗人どもに縄を打て』と声高に叫んでいた与力か――」

怜治は顎に手を当て、じっと床を見つめた。

「清吉は今どこにいるんだ」

詩門は冷ややかに眉をひそめた。

「知ってどうするんです？」

怜治はいまいましげに顔をしかめる。

「清吉の思惑がわからねえと手の打ちようがねえだろう。おれに逆恨みを抱いているなら、綾人や、朝日屋のみんなにも危険が及ぶかもしれねえ」

「あなたが手を打つ必要など、どこにもありません。あなたはもう火盗改ではないのですよ」

詩門の厳しい声が入れ込み座敷に響いた。

「何もせずに、おとなしくしていることです」

怜治は苦しげにうめいた。

「だが、用心は必要かもしれねえ」

詩門が大きなため息をつく。

「くれぐれも用心だけにしておいてください。勝手な動きをされては困りますからね」

怜治が、はっとしたように顔を上げた。

「清吉と、葺屋町を騒がせている盗人の間に、何か関わりはあるのか？」

詩門が眉根を寄せた。

「なぜ、そう思うんです？」

怜治は挑むように、詩門をじっと見つめた。

「物事は、どこでどう繋がっているかわからねえだろう。無縁と思っていたことが、実は有縁《うえん》だったという話も、過去にあったはずだ」

詩門は薄く笑った。

「昔のことは、もう忘れたほうがいい。清吉にも、葺屋町にも、決して近づいてはなりませんよ」

怜治は、くっと歯をむき出した。

「向こうから近づいてきたらどうするんだ」

「あなたが動かなければ、近づいてくることはないと思いますが」

「おまえ、うちの小蜜芋を食ったことがあったか？」

さえぎるように言われた詩門は、思わずといったふうに「は？」と声を上げた。

「さつま芋の形をしているから、さつま芋が使われているだろうとは思っただろうが、わざわざ焼き芋を使っていると、ひと目ですぐにわかったか？」

詩門は口を半開きにしたまま、目を瞬かせる。

「甲州の、ぶどうの菓子は？　ひと粒ずつ砂糖がかかっているやつだ。見た目は、白くて丸い」

「いったい何を言っているんですか」

「食ってみなけりゃ、中がどうなっているかわからねえってことだよ」

怜治はいら立った声を上げる。

「さっき、おまえは、おれが動かなければ清吉が近づいてくることはないと思う――と言ったな」

詩門は怪訝顔でうなずく。

「だが、それは、おまえが思っただけだろう？　清吉が何を思い、何を考えているのか、おれたちには真実がわからねえ」

詩門の目が剣呑《けんのん》に光った。

「葺屋町で動いているのが清吉だと言うんですか⁉」

「わからねえ」

怜治は即答した。

「だが、まったくの無縁だと決めつけるのは早計な気がする」

「それは、お得意の勘ですか」

詩門の声には鋭い棘《とげ》が含まれていた。怜治は唇を噛んで、詩門を睨む。

二人の間に稲妻のような緊張が走った。

「何かあれば、すぐわたしに報せてください」

ふっと詩門が表情をやわらげる。

「今の怜治さんは、朝日屋の主だ。それを忘れてはいけません。みなを巻き込みたくはないでしょう？」

「そうだな――」

怜治は目を伏せて、小さくうなずく。

「おい、柿崎はいるか⁉」

怜治の声をかき消すような大声が表口から飛び込んできた。がらりと音を立てて表戸を引き開けたのは、まるで浪人のような風体の、いかつい二本差しである。

「こんなところで油を売っていねえで、さっさと来い。お頭が、お呼びだ」

詩門が男を見ながら腰を浮かせた。

「申し訳ありません、秋津《あきつ》さん」

秋津と呼ばれた男は、どうやら火盗改同心のようだ。ぎろりと鋭い眼差しを怜治に向けている。

「こんなやつ、さっさと見限れと言っただろう。つき合っていても、ろくなことにならんぞ」

詩門は苦笑を浮かべながら上がり口へ向かう。詩門が草履を履くわずかな間も待ちきれぬと言いたげに、秋津は入れ込み座敷の前に立った。

「おい、きさま、柿崎から何を聞いたのか知らんが、よけいな真似をするんじゃねえぞ」

秋津は険しい顔で腕組みをして、入れ込み座敷に座っている怜治を威圧するように見下ろした。

「おまえが動けば、また死人が出るやもしれぬ。同じ過ちを、二度とくり返すんじゃねえ」

草履を履いた詩門が秋津の前に立つ。

「わたしは何も言っておりませんし、怜治さんは何もしようがありません」

秋津は、ふんと鼻息を荒く飛ばす。

「どうだかな。そいつのせいで安田《やすだ》が死んだこと、おれは決して忘れぬぞ」

ちはるは息を呑んだ。

怜治は両膝の上で両手の拳を握り固め、身じろぎもせずにうつむいている。

怜治を睨みつけている秋津の視線をさえぎるように、詩門が立ち位置をずらした。

「安田さんが亡くなったのは、怜治さんのせいではありませんよ」

「そいつのせいだろう!」

秋津は怒鳴り声を上げて、詩門に向き直った。

「そいつだって、よくわかっているはずだ。でなければ、武士の身分を捨て、お役目を離れるはずがない」

「では秋津さんは、自責の念に駆られている者をさらに責めるのですか」

詩門の言葉に、秋津は口角を引き上げた。

「徹底して責めるのが、火盗改のやり方だろう。人の言葉を解さぬけだものは、力で押さえつけるしかないのだからな」

固い信念に燃えているような秋津の眼差しを、ちはるは調理場からじっと見つめた。夕凪亭へ火盗改が押し寄せてきた時の恐怖がよみがえってくる。

お役目という正義を掲げて両親を責め立てた火盗改同心たちは、みな、今の秋津のような目をしていた。

悪事をあぶり出すためなら手段を問わず、無実の者に対しても暴言を吐いて脅し、近くにあった物を手当たり次第に投げつけ、壊していく。怯えてうめき声を漏らせば、すぐに自白と決めつけようとして――。

「おれたちが相手にしているのは、盗みや殺しが楽しくて仕方ないという連中だ。嘘だって、平気でつく」

この場にいる者すべてに言い聞かせようとしているような、秋津の声が響き渡った。

「世の中に溢れているのは善だけじゃない。同じくらいか、またはそれ以上に、悪がはびこっているんだ」

秋津の言葉が、ちはるの胸に突き刺さる。

夕凪亭を乗っ取った久馬や、綾人だけが目当てで朝日屋に入ってこようとしたおえん――。

ああ、そうだ。確かに、世の中には悪がはびこっている。

ちはるも散々苦しめられた。

けれど、だからといって、秋津のやり方だけがすべてなのだろうかと思ってしまう。

悪を取り締まるために力が必要な場合は、もちろん多いだろう。けれど、ちはるたち親子のように、無実の者まで苦しめられるような力の振るい方が許されていいのだろうか。

秋津の言う通り、容赦なく殺し、奪っていく悪人たちの中には、平気で嘘をつく者も多いだろう。殊勝な言葉をいちいち真に受けて、騙されていては、取り締まりなどできないはずだ。

けれど、疑うままに力を振るってしまえば、ちはるたち親子のように、必ず泣く者が出るだろう。

火盗改の拷問《ごうもん》は苛烈を極め、その責め苦から逃れたいあまりに、無実の者でも罪を認めてしまうという。

もし、ちはるの父親が拷問にかけられていれば、やはり無実でも「罪を犯しました」と口にしてしまっていたのだろうか。

ちはるは目を閉じる。

火付盗賊改――略して火盗改は、凶悪な罪人たちを追うことが多いため、抵抗した者を斬り捨てることも許されている。斬り捨てなければ、悪人たちに殺されていたという同心たちもいただろう。

綺麗事だけでは生きていけないと、頭ではわかっているつもりだ。

だが、しかし――追い詰められて死んでいった両親のことを思うと、やはり、手放しで納得はできない。やり切れなさが大きく残る。

「柿崎、行くぞ」

秋津が大股で表へ出ていく。そのあとに詩門が続いた。

ぴしゃりと戸が閉められたあとも、ちはるの胸に、何とも言いがたい悲しさが隙間風のようによぎっていた。

怜治は入れ込み座敷に座ったまま微動だにしない。まるで過去の亡霊たちに取り囲まれて、生気を吸われているかのようだ。

――そいつのせいで安田が死んだこと、おれは決して忘れぬぞ――。

秋津の声が、ちはるの頭によみがえる。

――そいつだって、よくわかっているはずだ。でなければ、武士の身分を捨て、お役目を離れるはずがない――。

かつて怜治は、ちはるたち親子を見捨てたのではなく、助けられない状況に陥っていたのか――。

ちはるは調理場を出て、怜治に歩み寄った。

「うちのおとっつぁんが助けを求めようとした時、怜治さんは――怜治さんに、いったい何があったの？」

怜治は無言で立ち上がると、階段へ向かった。ちはるは呼び止めようと口を開いたが、声を出せなかった。

背を向ける間際に見せた怜治の表情は、ひどくつらそうで——ふらりと階段を上がっていく後ろ姿は、この世の悲しみや苦しみをすべて一人で背負っているかのように見えた。

「こんにちはーっす」

場違いな声とともに、表戸が勢いよく引き開けられた。

「小田原の伝蔵さんから、蒲鉾をお預かりしてきやしたーっ」

戸口に立っているのは、挟み箱を担いだ飛脚である。少し大きめの風呂敷包みも担いでいる。

ちはるがぽかんとしている間に、飛脚は肩から風呂敷包みをはずして、下足棚の前に立っていた綾人に渡す。

「昨日、小田原でお預かりしやしてね。中身は食べ物だが、届けるのは今日になっても構わねえってことで、お引き受けしやした」

「ありがとうございます」

微笑む綾人に笑い返して、飛脚は去っていった。

綾人が風呂敷包みを調理場へ運んでいく。ちはるもあとに続いた。

慎介が受け取って、調理台の上で包みを開くと、蒲鉾、はんぺん、ちくわが、どっさり入っていた。

「伝蔵さんからの文もあるぞ。——おい、怜治さんを呼んでこい」

慎介が言い終わる前に、綾人が二階へ向かって走り出していた。

調理場に一同が集まった。

慎介に促されて、怜治が文を読み上げる。

「みなさま、お元気ですか。おかげさまで、おれは元気です。毎日、蒲鉾作りに励んでおります。疲れたりした時には、朝日屋の箸紙と、蛤《はまぐり》の殻の片割れを眺めて、気を取り直しております」

伝蔵に出した、紅葉づくしの膳の一品に使った蛤の殻だ。妻子を亡くして一人になってしまった伝蔵の居場所はここにもあると言って、怜治が渡した。対になったもう半分の殻は、朝日屋で大事に取ってある。

「おれは今、若い弟子に蒲鉾作りを教えているのですが、こいつがまたえらく不器用なやつで。すり身の練り方も甘いし、形の整え方も甘い。何度教えても、そいつの作った蒲鉾やちくわは綺麗な出来にならないので、おれも頭を悩ませていました。真面目なやつなんです。やる気はあるのに、どうして上達しないのか――そう思いながら、弟子の手元を眺めていると、かすかに震えていることに気づきました。つまり、気おくれしていたんです。叱られぬよう、上手くやろうと思うがあまり、手の動きが悪くなっていました。そこで、おれは、自分の話をしました」

怜治は目を細める。

「妻子を亡くしてから、上の空で仕事をしていたこと。はたから見れば、綺麗に蒲鉾を作れていたかもしれないが、それは上辺だけのことで、ちっとも心がこもっていなかったということ。江戸の朝日屋で心を取り戻して、今ここにいるということ――」

怜治の口元に小さな笑みが浮かんだ。

「技よりも、まず心だと、弟子に言いました。上手くやろうとしなくていいから、まずは『美味しい蒲鉾を食べてもらいたい』という気持ちで、手を動かせと。そして、客に出す蒲鉾ではなく、親兄弟や隣近所のために作ってみろと言いました。すが入った、いびつな蒲鉾でしたが、身近な人たちに喜んでもらえて、弟子は少し自信をつけたようです。そこで、今度は、おれが世話になった朝日屋へ贈る蒲鉾を一緒に作れと言いました」

みなの視線が、調理台の上の蒲鉾、はんぺん、ちくわに集まる。美しく形が整っている物と、わずかにゆがんでいる物が、まんべんなく入り乱れて並んでいた。

「弟子が作った物は不恰好な出来ですが、味は確かです。若い者たちを一人前の蒲鉾職人に育て上げることが、今のおれの生き甲斐です」

ちはるのまぶたの裏に、伝蔵の笑顔が浮かんだ。

「もうすぐ歳末ですが、秋に江戸へ向かった時は、こんな気持ちで一年を終えることができるなんて夢にも思っていませんでした。朝日屋に泊まることができて、本当によかった。

心から、感謝しております。朝日屋のみなさんと出会わなければ、今の自分はありませんでした。今のおれが、思いを込めて、弟子と一緒に作った蒲鉾を召し上がっていただけましたら幸いです」

食べてもらえれば、きっと、今のおれがどんな生き方をしているのか伝わりますから――という自信に満ちた声が文から聞こえてきそうだ。

「そのまま召し上がっていただいても、もちろん美味いはずですが、おれは味噌汁の具などにもしています。寒い日に、熱々の汁の中に入った蒲鉾やはんぺんを味わいながら酒を飲むのも、なかなか乙なものですよ」

怜治がにやりと口角を引き上げて、ちはるを見る。

「だけど、ちはるさんは、飲み過ぎに気をつけてください。茶碗一杯より多く飲んでは絶対にいけませんよ」

一同が、どっと笑った。事情を知らないおふさだけが怪訝顔で首をかしげている。

「蒲鉾を食べるたび、伝蔵も小田原で励んでいるんだなぁと思い出してやってください。そしていつか小田原へ、作り立ての蒲鉾を食べにきてください。おれも、またいつか必ず朝日屋へ行きます。それでは再び会える日まで、しばしの間さようなら――」

読み終わった文を折り畳んで、怜治が懐へしまった。

みな穏やかな表情で、嬉しそうに目を細めている。伝蔵と会ったことのないおふさも感慨深げな顔つきで黙っていた。

怜治が顔を上げて、慎介を見る。

「伝蔵が送ってきたやつを、どうやって食べる？　全部晦で、いいんだよな？」

慎介がうなずく。

「たくさん送ってもらったといっても、お客全員に振る舞うほどはありませんからね。おれたちだけで、いただきましょう。蒲鉾をさっとあぶって食うのもいいが、やっぱり、まずはそのまま――」

「えれえ目に遭ったよ！」

慎介が言い終わらぬうちに、表口から長吉郎が飛び込んできた。ずぶ濡れである。

たまおが「どうしたんですか」と言いながら駆け寄って、手拭いを渡した。

「魚河岸へ行ったら、もう市が終わってたんで、近くをぶらついてたんだ。青海波文様《せいがいはもんよう》や、鯛の柄の手拭いを土産に買ったりしてな。ほうしたら、魚河岸のほうから大きな魚が運ばれていくのを見かけて」

長吉郎は手拭いで顔や頭を拭きながら、興奮したようにまくし立てた。

「何て魚かと聞いたら、鮫《さめ》だっちゅうんじゃ。鮫も、海の魚ずら。こんなに大きいのかと驚いた拍子《ひょうし》に、足を滑らせて、そこがたまたま堀の脇だったもんで、落っこっちまったんだ」

長吉郎はまったく気にしていない様子で、わははと笑う。

「いやぁ、めえった、めえった。濡れたままじゃ江戸見物もできんから、いったん戻ってきただ。着替えたら、また出かけるよ」

「その前に、湯屋だ」

怜治が長吉郎の前に立つ。

「残念ながら、うちには風呂がねえから、近所の湯屋へ行って、あったまってくるといい。綾人に案内させるぜ」

長吉郎は躊躇するように唇をすぼめた。

「今日の昼は江戸前の鰻を食いてえと思ってたんだが――湯屋へ行ったら、無理かな」

綾人がにっこり微笑んで首を横に振る。

「湯屋の近くにある鰻屋へも、ご案内いたしますよ。わたしが濡れた着物を持って帰りますので、湯屋からそのままお出かけください」

「本当け？　いやぁ、ありがてえなぁ」

長吉郎は「そういえば」と、慎介に目を移す。

「江戸には、関東煮という料理もあると聞いたんだが、いったいどんな物かね」

「蛸の太煮のことです」

長吉郎は首をかしげた。

「太煮って、材料を太く切って煮た物け？」

「はい。太煮は、室町の頃から始まった料理と聞いておりますが、かつては海鼠《なまこ》を使っていたようです。海鼠を何かで巻いて形を整え、味噌で味をつけていたらしいのですが――それが今では、大根や牛蒡などの長い物を太いまま煮た料理に変わってきまして、味つけも、味噌だけでなく醬油も使われております」

長吉郎は感心とも呆れともつかぬ唸り声を上げた。

「料理に『絶対の決まり』はねえんだなぁ。美味けりゃ、何でもいいもんな。甲斐の『ほうとう』も、具はこれでなくちゃ絶対に駄目だっていう決まりなんかねえもんな」

ほうとうとは、小麦粉を練って作った平たい麺を、南瓜や芋など季節の青物や獣肉とともに味噌仕立ての汁で煮込んだ物である。

「きのこをたっぷり入れて、猪や鹿の肉なんかも一緒に煮ると美味いよ」

長吉郎の言葉に、慎介がうなずく。

「いい出汁が出ますね」

「うん。関東煮は、あれこれ具をたくさん入れんのけ？」

「そうですね――これも特に決まりはないと思いますが――」

慎介は調理場を振り返った。

「夕食に、関東煮を召し上がってみますか？　ちょうど蛸がございますが――」

「おお、またしても海の幸！」

長吉郎は目を輝かせて満面の笑みを浮かべた。

「食うよ！　大根と牛蒡があったら、それも入れてくれ。ほっくり煮えた大根や牛蒡も、蛸と一緒に食いてえ。関東煮でも太煮でも、呼び方なんて、もう何でもいいから！」

「かしこまりました」

長吉郎は喜び勇んで、湯屋へ出かけていった。


その夜の膳には、蛸と大根と牛蒡の三種の太煮をつけた。海の幸である蛸の味を、長吉郎にしっかり楽しんでもらいたいため、味つけは極わずか——たっぷりの出汁に醬油を少量垂らしたのみである。

食事処の客たちにも長吉郎と同じ膳を出したが、三種の太煮を食べて「いつもより薄ぼんやりした味だ」と思われぬよう、わさびと辛子を添え、好みに応じてつけてもらうことにした。

本日の夕膳は、三種の太煮、鮪の刺身、鯵のなめろう、烏賊とわかめのあえ物、白飯、しじみの味噌汁である。食後の菓子は小蜜芋だ。

食事処の客たちは、みな機嫌よく料理を食べ進めていた。二階の客室から戻ってきた長吉郎の膳も、すべて空になっている。

入れ代わり立ち代わり食事処に客がやってきて、ちはると慎介は次々と膳を用意した。外は冷え込みが増しているようで、温かい太煮が思いのほか大好評だ。お代わりをする客もいる。たっぷり作っておいてよかったと、ちはるは思った。

賄の分も取ってあるので、あとで食べるのが楽しみだ。

そして今日は、伝蔵からの贈り物もある。

蒲鉾も、はんぺんも、ちくわも、まずはそのまま味わって、使われている魚の旨みや歯触りをじっくりと楽しみたい。そのあと、ちょんと醬油をつけてもいいし、わさびや辛子をつけてみてもいい――。

食事処を閉めたあと、ちはるは張り切って賄の支度を始めた。

用意しておいた握り飯に、みりんを混ぜた醬油を塗って、七輪であぶる。

ぷぅんと香ばしいにおいが調理場に漂った。大鍋から漂ってくる太煮の淡く甘いにおいと絡み合って、ちはるの鼻の奥まで入り込んでくる。

たまらなく腹が減った。

「ああっ――」

突然、慎介が叫んだ。驚いて振り返ると、大鍋の前に膝をついて、うずくまっている。

大皿を抱きしめるように、左腕で抱えていた。

「慎介さん！」

ちはるは叫びながら駆け寄った。

「どうしたんですか⁉　傷跡が痛むんですかっ」

慎介の右腕には、ひどい火傷《やけど》の跡と刃物で切られた傷跡がある。朝日屋の前身である福籠屋を潰そうとした、やくざ者たちにやられたのだ。

それぞれ持ち場を片づけていた一同も、調理場へ集まってくる。

「大丈夫だ。みんな、すまねえ」

慎介は立ち上がると、皿を調理台の上に置いた。伝蔵から送られてきた蒲鉾、はんぺん、ちくわを食べやすい大きさに切って載せていたのだが、だいぶ数が減っている。

慎介は眉間にしわをよせて、うつむいた。

「入れ込み座敷へ運ぼうとしたんだが、右腕にいきなり痛みが走って、ついよろけちまったんだ。せっかくの蒲鉾やはんぺんを落としちまった」

ちはるは床を見回したが、どこにも見当たらない。

慎介が悔しそうに大鍋を見つめた。

「絶対床に落としちゃならねえと踏ん張ろうとしたんだが、たたらを踏んで、太煮の中に落としちまった」

大鍋の中を覗き込むと、雪のように白かったはんぺんに、うっすら太煮の汁の色がついている。

「何てこった……伝蔵さんの気持ちを無駄にしちまった……無事だった物があるだけましか……みんな、本当に申し訳ねえ」

深々と頭を下げる慎介の肩を、怜治がつかんだ。

「顔を上げな。こんなことで伝蔵の気持ちが無駄になるわけねえだろう」

身を起こした慎介は顔をゆがめて、怜治を見上げる。

「だけど――」

ちはるは、ひくひくと鼻を動かした。

大鍋の中から、太煮の汁が染み込み続けていく蒲鉾のにおいがする。魚のすり身の甘みが、蛸、大根、牛蒡の旨みが染み出た汁と混ざり合っているにおいだ。はんぺんも、ちくわも、うっすらと醬油で味つけられた出汁をたっぷり吸い込んで膨らみながら、魚という生命のにおいを存分に放っていた。

ほんのりと淡く黄金色に輝いた汁の中に、幾種もの具が浸かっている様が、ちはるの目にまるで湯船のように見えてきた。大鍋という風呂の中で、大根や蒲鉾たちが長風呂を楽しみながら、食べられるのを待っている――。

「全部入れちゃいましょう！」

ちはるは調理台の上の皿を手にした。

「おい、待て、ちはる――」

慎介の声に構わず、ちはるは皿に残っていた蒲鉾、はんぺん、ちくわをすべて大鍋の中に入れた。

「大丈夫。絶対、美味しいはずですよ。伝蔵さんの文にだって、熱々の汁の中に蒲鉾やはんぺんを入れて味わっているって、書いてあったじゃありませんか」

ちはるは慎介に向き直った。

「蒲鉾も、はんぺんも、ちくわも、魚のすり身で作られています。いい出汁が出るんじゃありませんか。太煮の中に入っている蛸とだって、喧嘩するわけありませんよ。みんな海の幸なんですから」

慎介が呆然と大鍋の中を見つめる。

「まるで、ごった煮じゃねえか……」

怜治が力強く、慎介の背中を叩いた。

「ごった煮上等だぜ。朝日屋だって、似たようなもんだからな」

「そうですよ」と、うなずこうとして、ちはるはふと調理台の隅に目をやった。

がんもどきを載せた皿がある。

朝膳につけるため作ったがんもどきだが、晦にも使おうと、あらかじめ多く作っておいたのだ。朝膳では煮物にしたが、夜の晦では、さっとあぶって食べようと思っていた。太煮もあるので、煮物が重ならなくて、ちょうどよかったと思っていたのだが――。

ちはるは大鍋の前に立つと、そのにおいを再び嗅いだ。

汁の中から、豊かな海の幸の香りが押し寄せる波のように漂ってくる。

ちはるは調理台の前に立つと、皿を手にして、がんもどきのにおいを吸い込んだ。

豆腐の素朴な香りが、人参、椎茸の香りとともに漂ってくる。

がんもどきは、細く切った人参、椎茸、牛蒡、麻の実などを、すった豆腐の中に入れ、形を整えてから、油で揚げた物だ。京坂では、飛龍頭《ひりゅうず》と呼ばれている。

豆腐料理を集めた料理集『豆腐百珍』では、饅頭のように、すった豆腐で具材を包み込んでいるが、今回、朝日屋では、まんべんなくふんわりとした嚙み心地になるよう、細く切った人参と椎茸に下味をつけ、すった豆腐に混ぜ込んで形を整えた。

がんもどきには生臭物が入っていないので、精進料理にも使われているが――。

ちはるはがんもどきの皿を手にして、再び大鍋の前に立った。

「これも入れてみましょう」

慎介が目を見開いて、ちはるの顔を覗き込んでくる。

「鍋の中には、魚の旨みがぎっちり詰まっているんだぞ」

「あえて、それを吸わせるんです」

ちはるは慎介に向き直った。

「豆腐は使い勝手がよくて、何にでも合わせやすいです。ここはお寺じゃないから、魚の旨みをがんもどきに合わせたって、誰も文句は言いません」

ちはるは、がんもどきの皿を慎介の前にそっと押し出した。

「雁《がん》の肉に見立てたから『がんもどき』と名がついたと聞きましたが——朝日屋では、堅苦しい決まりなんてなく、思いつくままに味を試すことができますよね？」

慎介は目を細めて微笑んだ。

「いろいろ試すことによって、美味い物が増えていくからな。がんもどきだって、南蛮から伝わってきた当初は、米粉を湯で練って、卵を加えた物を揚げた、甘い菓子だったらしい」

慎介は口角を引き上げながら、ちはるの手からそっと皿を取った。

「よし。油抜きをしてから、入れてみよう」

「はい！」


入れ込み座敷で車座になって、どんぶりを囲む。中には、ごろんと太く切った蛸、大根、牛蒡——そして蒲鉾、はんぺん、ちくわ、がんもどきが入っていた。艶々とした黄金色の汁も多めによそってある。

まず怜治が蒲鉾を食べた。目を閉じて、うぅんと唸る。

そして次に、がんもどきを口に入れた。かっと大きく目を見開いて、もぐもぐと口を動かし、ごくんと飲み込む。

「うめえ」

怜治は目を輝かせて、ちはるに顔を向けた。

「お手柄だぜ。まるで最初から、こうやって食べるために煮込んだみてえだ。汁の味が薄いから、蒲鉾の味が損なわれていねえし——それに何といっても、このがんもどき——煮物にできる物だから美味いだろうとは思っていたが、魚の香りをまとって、さらに風味が増しやがった」

怜治の言葉に、みな蒲鉾やがんもどきを嚙みしめながら、何度もうなずいている。おふさも優しく目を細めて、どんぶりの中を見つめていた。

ちはるは、がんもどきを口に入れた。

嚙んだとたん、じゅわりと中から芳醇な汁が溢れ出てきて、口の中いっぱいに広がった。ちはるは思わず唇をぎゅっと引き結ぶ。汁の一滴も口からこぼさぬよう気をつけながら、がんもどきを嚙みしめた。

たまらなく優しい、ふんわりした歯触りと、淡い甘みが、ちはるの全身を駆け巡っていく。

がんもどきは魚の旨みが染み出た汁を全身に吸い込んで、抱きしめ、食べる者の体内に向かって力強く押し出していた。

ちはると慎介の作ったがんもどきが、伝蔵と弟子の作った蒲鉾たちと手を繋ぎ合い、溶け合って、ひとつになっている——四人で力を合わせて、一品を作り上げたような心地になった。

ちはるは胸を張って、慎介を見る。慎介は心から嬉しそうな笑顔で、ちはるを見ていた。

「ありがとうよ、ちはる。一時はどうなるかと思ったが——おめえのおかげで、伝蔵さんの心をちゃんと味わうことができた。今日は弟子に助けられたぜ」

ちはるは照れ笑いを浮かべながら、はんぺんや大根を食べ進めた。どれも汁の味が染みていて、ものすごく美味い。それぞれの具がしっかりと自分の味を出しながら、それぞれの旨みが溶けた汁とよく馴染んでいた。

火鉢で温まりながら、入れ込み座敷で車座になって食べる賄は格別だと、つくづく思っていると、通りを駆ける足音が聞こえてきた。

「みんな、待たせたねえ！」

満面の笑みで勢いよく入ってきたのは兵衛である。

「伝蔵さんから蒲鉾が送られてきたと報せを受けた時は、本当に嬉しかったよ。あの人も、気持ちを新たにして、小田原の蒲鉾屋で頑張っているんだねえ。これはやっぱり、わたしも一緒に味わわせてもらわなくちゃと思って、張り切ってやってきたんだよ」

いそいそと入れこみ座敷へ腰を下ろす兵衛のもとに、ちはるは新しいどんぶりと茶を運んだ。

「太煮もどきです」

兵衛はきょとんと目を瞬かせる。

「何だい、そりゃ」

「伝蔵さんとお弟子さんが一緒に作った蒲鉾、はんぺん、ちくわと、朝日屋で作ったがんもどきの入った、蛸と大根と牛蒡の太煮——なので、太煮もどきです」

どんぶりを受け取りながら、兵衛が呆れたように笑った。

「まったく、まどろっこしいねえ。『伝蔵さんの蒲鉾煮』でいいじゃないか」

と言いながら、どんぶりの中を覗き込んで、兵衛は目を丸くする。

「おや、思っていたよりも、ずっと具だくさんだ。これじゃ『蒲鉾煮』とは言えないねえ」

兵衛はさっそく蒲鉾に箸をつけて、大口を開けた。がぶりと口に入れる。

「うん——むぅ——」

はふはふと熱さを逃すように口を小さく開閉しながら、兵衛は蒲鉾を噛んだ。

「こりゃ美味い。汁の味つけが薄いから、蒲鉾の甘みがしっかりと伝わってくるよ。大根も、箸がすっと入るくらい、やわらかく煮えている。はんぺんは、ふわっふわ。ちくわも蒲鉾も、魚の風味が濃いねえ。がんもどきも、ぎゅーっと汁が染みていて、とんでもなく美味いじゃないか」

兵衛は次々に具を頬張った。

「ああ、たまらなく酒が欲しくなるよ。頼むから、ちょいと飲ませておくれ」

怜治が、ちはるに向かって顎をしゃくる。ちはるは立ち上がった。

「燗《かん》をしますか？」

「いや、そのままでいい」

怜治の言葉に、すかさず兵衛がうなずく。怜治は鋭い目で睨むように、ちはるをじっと見た。

「おまえは飲むんじゃねえぞ」

ちはるは、むっと唇を尖らせた。「お手柄だ」と褒められた働きをしたのだから、ちょっとくらい飲んでもいいではないか。

酒の入ったちろりと猪口《ちょこ》を運んでいく。怜治、兵衛、慎介の三人分だが、隙を見て自分の湯呑茶碗にも少し注いでしまおうと、ちはるは思っていた。

「寒い日に、熱々の汁の中に入った蒲鉾やはんぺんを味わいながら酒を飲むのも、なかなか乙なものですよ」という伝蔵の言葉が、頭の中を駆け巡っている。

「お待たせいたしました」

兵衛がさっそく手酌して、ぐびりと酒を飲んだ。続けて、蒲鉾をもうひとつ口に入れる。

「いいねえ。やっぱり酒と合うよ」

兵衛は上機嫌で酒を飲みながら「太煮もどき」を食べ進めた。怜治も、慎介も、酒を舐めながら舌鼓を打っている。

ちはるは、ちろりに手を伸ばした。誰も見ていないうちに、湯呑茶碗に酒を注ぐ。

「あっ、ちはる！　おまえは飲むなと言っただろうがっ」

怜治の怒鳴り声を無視して、ちはるは酒をあおった。素早く、もう一杯酒を注ぐ。

「こらっ、やめろ！」

怜治に、ちろりを取り上げられた。湯呑茶碗も取り上げられそうになって、ちはるは慌てる。とっさに、どんぶりの中に酒を移した。

怜治が「げっ」と顔をしかめて、ちはるのどんぶりを凝視する。

「おまえ、何てことをしやがるんだ。まだ牛蒡やちくわが残っているじゃねえか」

「大丈夫、大丈夫」

ちはるは、ぐびりと汁を飲んだ。

「ほら、意外といけちゃいますよ。いろんな旨みが混ざり合って、お酒と溶け合って、絶妙な味わいです！　どんどんいけちゃう！」

ちはるは、ぐびぐびと汁を飲んだ。中に残っていた具も、ばくばく食べる。

ふと顔を上げると、怜治が呆気に取られた顔で口をあんぐりと開けていた。

「やーだ、変な顔ぉ。あんこうみたーい」

楽しくなって、けらけらと笑った。

どんぶりの中に目を戻せば、まだ少し残っている汁の中に蒲鉾がひと切れ浸かっていた。まるで、どんぶり風呂の中で蒲鉾がくつろいでいるように見えて、おかしくなる。腹の底から笑いが込み上げてきた。

「ふっ――ふふっ――ふふふふふ――」

ちはるはどんぶりの中を見つめて、思いつくままに節をつけて歌った。

「蒲鉾ぼこぼこ、伝蔵蒲鉾、小田原の蒲鉾は美味しいなぁ。がんもはがんがん食べちゃったぁ――がんも、がんも、がんもどきぃ――朝日屋がんもも美味しいよぉ。汁がしみしみ、心にしみしみ、あなたとあたしの蒲鉾がんもぉ」

踊るように身をくねらせて声を張り上げていると、おふさが「ええ！」と甲高い悲鳴のような声を上げた。

「何これ。ちはるは茶碗一杯より多く酒を飲んじゃ絶対にいけないって、これなの⁉　ちはるの酒乱に気をつけろってこと⁉」

みなそろってうなずいた。ちはるは笑い続ける。

「茶碗一杯だろうが、二杯だろうが、たいして変わらないわよ。それより、みんなも試してみたら？　この汁の中にお酒を混ぜると、本当に美味しいから」

みな一斉に首を横に振る。ちはるはすかさず兵衛を指差した。

「だって、さっき、蒲鉾やがんもどきを食べながらお酒を飲んでいたじゃありませんか。口の中で味が混ざり合ったでしょう？　美味しかったですよねえ⁉」

兵衛は口に手を当て、どんぶりと猪口を交互に見つめた。

「確かに——ちょっとだけ、やってみようかな——」

ちはるは手を打ち鳴らした。

「どおんといってみましょう！　何事も、やってみなくちゃわからないんですからね！　怜治さんが言ってた『食ってみなけりゃ、中がどうなっているかわからねえ』ってやつと同じですよ！」

ちはるは「あはは」と笑いながら、最後の蒲鉾を食べ、どんぶりに残った汁を飲み干した。

そのあとの記憶はない。

翌日、朝日屋の一同に囲まれたちはるは、みなのにやけた視線の中で身を縮めた。

「あの——ひょっとして、あたし、また何かやらかしました——？」

怜治が額に手を当てて「ああ」と大げさな声を出す。

「ありゃあ、すごかったなぁ。恐《おそ》れ入《い》り谷《や》の鬼子母神《きしもじん》だぜぇ」

　おふさが大きくうなずいた。

「わたしも本当に驚きました。まさか、あんな――ねえ、たまおさん」

　たまおは頰に手を当て、ふうっと息をつく。

「今度ばかりは、わたしも何て言ったらいいのか――」

　綾人が意味深長な眼差しを送ってくる。

「信じられない出来事を目の当たりにしてしまいました」

　慎介が腕組みをして唸る。

「まあ、よくよく考えてみれば、出汁に酒や醬油を混ぜて煮る料理は多いからな。出汁酒や、酒浸《さかびて》、酒麩《さかふ》なんかも、昔からある」

　出汁酒は、水の代わりに酒で鰹節から出汁を取った物である。酒浸は、生または軽く塩に浸けた魚貝などの作り身を、使用するまでの間、酒に浸しておいた物だ。酒麩は、麩を酒で煮て味つけをした物である。

「だから蒲鉾やはんぺんを入れた太煮の汁に酒を加えたって、美味いはずだ。おめえみたいに、汁と酒を混ぜて飲み物にすることなんて思いつかなかったから、驚いたがな」

　ちはるは眉間にしわを寄せた。

　汁と酒を合わせて飲み物に――まったく覚えがない。

　怜治が呆れ笑いを浮かべながら「おう」と声を上げる。

「鍋に残った汁を入れ込み座敷まで運んできて、歌いながら大騒ぎしやがった時には、どうしてくれようかと思ったが――確かに、あれは美味かった。気に入ったぜ」

狐につままれたような気分だ。しかし思いがけずに褒められて、悪い気はしない。

「ひょっとして、あたしはお酒が入った時のほうが調子いいんじゃないでしょうか」

などと言って、おどけた。みなも楽しそうに笑っていた。


それが一転したのは、日が暮れる寸前である。

掛行燈に火を入れるため表へ出た綾人が、明りを灯さぬまま、顔を強張らせて戻ってきた。

「清吉がいました。通りの向こうから、じっと、わたしを見ていたんです」

聞くや否や、怜治が表口から飛び出していく。一同は綾人を囲んで、土間に立っていた。

やがて戻ってきた怜治が首を横に振る。

「もう、どこにもいねえ。――詩門に報せてくる」

そう言って駆けていった怜治が戻ってきたのは、もうすぐ食事処を閉める頃だったが、
詩門には会えずじまいだったという。

「どこにいるのか、さっぱりわからねえ」

小さく首を横に振った怜治の表情は険しくて、得も言われぬ不安に取り憑かれているよ

うだった。

　まさか、清吉という男の逆恨みが詩門に向けられたのか――そんな考えがちはるの頭をよぎったが、うかつなことは言えないと思い、口をつぐんでいた。ただの取り越し苦労だったと安堵できる時が、一刻も早く訪れるよう、祈るだけだ。

　しかし翌日になっても、詩門の行方は不明のまま――さらに一夜が明けて、長吉郎が江ノ島へ立つ朝となった。

　まるで詩門の行方を隠すように、空は雨雲で覆われている。降りしきる冷たい雨が町を濡らしていた。

「どうか、お気をつけて」

　戸口で見送る朝日屋の一同に向かって、長吉郎は菅笠《すげがさ》の下からにっこりと笑った。

「雨合羽を着たから、大丈夫だ。明けない夜がねえように、やまない雨もねえしな」

　海へ続く道は、長年の夢の道――雨も寒さも物ともせずに、長吉郎は進んでいく。

　その後ろ姿とすれ違って、勢いよく駆けてくる男がいた。尻端折りに股引で、足元は下駄――魚河岸の利々蔵だ。

　雨を蹴散らして駆けてきた利々蔵は息を弾ませながら、怜治の前に立った。

「昨夜、葺屋町で、柿崎の旦那が戸板で運ばれていくのを見た者がおります。血を流していたようですが、何かあったんですかい？」

ちはるは息を呑んだ。

怜治が血相を変えて、利々蔵の腕をつかむ。

「どういうことだ⁉　いったい何があった⁉」

利々蔵は静かに怜治の目を見つめた。

「わからねえから聞きにきたんですよ。朝日屋の旦那なら何か知っているかもしれねえと、藤次郎兄ぃに言われましてね。魚河岸から葺屋町までは、ひとっ走りすれば、あっという間だ。葺屋町は最近えらく物騒だっていうし、こっちも用心しなきゃならねえ何かがあるんなら、教えてもらいてえと思って」

怜治は呆然とした面持ちで頭を振った。

「教えてもらいたいのは、こっちのほうだ。何かあるんじゃねえかと勘ぐってはいたんだが、おれは何も知らねえ。詩門から、何も聞いていねえんだ」

みな固唾《かたず》を呑んで、押し黙った。

ざぁざぁと強く降る雨の音だけが、辺りに響いている。

本書を執筆するにあたり、左記の方々に多大なる協力をいただきました。
福田浩先生（江戸料理研究家）
ほしひかる氏（特定非営利活動法人 江戸ソバリエ協会理事長）
小林朗氏（豊洲仲買人、元料理人）
一般社団法人 東京築地目利き協会
この場を借りて、心より御礼を申し上げます。
著者

本作は書き下ろしです

中公文庫

まんぷく旅籠《はたご》 朝日《あさひ》屋《や》
しみしみがんもとお犬《いぬ》道中《どうちゅう》

2022年5月25日　初版発行

著　者　高《たか》田《だ》 在《あり》子《こ》

発行者　松田陽三

発行所　中央公論新社

〒100-8152　東京都千代田区大手町1-7-1
電話　販売 03-5299-1730　編集 03-5299-1890
URL https://www.chuko.co.jp/

DTP　嵐下英治
印　刷　大日本印刷
製　本　大日本印刷

Published by CHUOKORON-SHINSHA, INC.
Printed in Japan　ISBN978-4-12-207208-4 C1193

定価はカバーに表示してあります。落丁本・乱丁本はお手数ですが小社販売部宛お送り下さい。送料小社負担にてお取り替えいたします。